Half boom, half mens
en ander grensstories
Bertrand Retief

J.L. van Schaik

Uitgegee deur J.L. van Schaik (Edms) Bpk,
Librigebou, Kerkstraat, Pretoria
Kopiereg © 1986 B.R. Retief
Alle regte voorbehou

Eerste uitgawe 1986

ISBN 0 627 01477 1

Bandontwerp deur Barrett Joubert
Geset in $10\frac{1}{2}$ op $13\frac{1}{2}$ pt Plantin deur
Dieter Zimmermann (Edms) Bpk, Johannesburg
Gedruk en gebind deur Nasionale Boekdrukkery,
Goodwood, Kaap

Opgedra aan Anell, Ettiene, Müller en Ingrid. Om dankie te sê vir al die inspirasie en liefde.

Inhoud

Kogpogaal Johnnie 1
Niemand verstaan nie 8
Vingers in die ore 11
Dankie, my kind 17
Die volmaanghitaar 21
Vir Etienne, Charlie, Reggy en Vissie 24
Die hinderlaag 36
Die tiffies 41
Twee vlieë . . . 45
As Mammie moeilik word 54
Suid van die Zebraberge 60
Die lectrician 72
En wat sê ek vir Ma? 73
Calais 79
Die slag van Rooikop 84
"Sommerso teen my been, Kolonel!" 88
Padblokkade 93
Half boom, half mens 96

Kogpogaal Johnnie

Johnnie was 'n drywer en Johnnie was in bevel.

Hoe lank hy reeds die trotse besitter van een streep op sy hempsmou was, het ons nie geweet nie, maar Johnnie was 'n korporaal en Johnnie was die onbetwiste baas van sy vyfton-lorrie.

Ons sou uitvind. Maar dit het alles nog in die toekoms gelê.

"Ons" in hierdie geval was 'n groep van so 'n dosyn majoors en kapteins wat op 'n donker, nat nag tydens oorlogsoefeninge in die verre Noordwes-Kaap die veilige en relatief droë hawe van Johnnie se leë lorriebak ontdek het.

Ons was slegs waarnemers tot die maneuvers en was eintlik so half-half in die pad van die manne wat oorlog gemaak het. Self kom klaar was dus ons voorland.

Dit was nat. Koud. Donker. Ons was honger en dors en die gemoedstoestand van die manne kon as redelik negatief beskou word.

Al met die lang ry hooggelaaide konvooi-vragmotors af. Vol. Almal vol.

Toe ons nat en bedremmelde groepie, strompelend deur die haak-en-steek en oor die ysterklip, uiteindelik die leë bak ontdek, was dit soos 'n tuiskoms.

"Finders keepers" is mos die spreekwoord.

Die lang ry vragmotors het stilgestaan op daardie oomblik en ons het begin klim.

Die droë bak met sy beskermende seil was soos 'n snoesige grot in 'n sneeustorm.

Ons was net besig die laaste manne inhelp toe ons die stem hoor. 'n Stem vol selfvertroue en gesag, ten spyte van die effens falsette seunskwaliteit wat plek-plek deurslaan as die spreker opgewonde raak. En die spreker wás opgewonde.

"Moeilik" sou hom ook beskryf het.

"Wie de dônneg klim in my tgok?!"

Die stem (-metjie) het van voor uit die bestuurder se kajuit gekom.

Daar was 'n verbaasde stilte.

"Ek sê!" Die keer het die ergerlikheid in die stem falsetterig deurgeslaan. "Ek sê wie de dônneg klim in my tgok?"

Johnnie het gehou van "dônneg". So het ons uitgevind. Die feit dat hy gebrei het en dat 'n ou wat brei maar moeilik kwaai klink, het Johnnie nog nie geleer nie.

Die humor van die situasie het begin deurskemer.

"Dis net ons, Generaal."

"En wie de dônneg is 'ons' en ek is nie 'n genegaal nie, ek's 'n kogpogaal."

"Jammer, Korporaal. Goed, Korporaal."

"Nou vga ek vig die laaste maal. Wie de dônneg is julle spul?"

"Sarge het gesê dat ons hier moet kom inklim, Korporaal." (Baie skies dat ek lewe.)

'n Oomblikkie stilte. 'n Sersant is 'n hoge iets in die Weermag en baie vérverhewe bo 'n eenstreep-korporaal.

"Nou ogait dan. Maag julle vgek as julle my tgok vuilmogs."

"Dis goed, Korporaal. Dankie, Korporaal. Skies, Korporaal."

Voor in die kajuit het Johnnie geblom. Ons kon dit aanvoel. "Het julle kos?"

"Nee, Korporaal. Jammer, Korporaal."

"Ok ma vgek sleg, julle klomp sleg dônnegs."

"Ja, Korporaal. Skies, Korporaal."

Ook 'ons' segsman, 'n majoor, het geblom onder sy nuutgevonde verpligting.

"Korporaal!"

"Ja?"

"Ons het juis gewonner, Korporaal. Of Korporaal nie dalk vir ons ietsie te ete het nie?"

"Wat!! Gaan vgek jy, jou sleg tgoep. Waag dink jy kgy ek kos vig myself, laat staan nog vig julle ..." Woorde het hom gefaal.

"Skies, Korporaal."

Ons segsman se stemmetjie was so apologeties dat hy homself amper jammer gekry het. Stilte.

Ons moegheid en nat was vergete. Ons was midde-in een van daardie wonderlike lewensituasietjies wat net soms op 'n man se pad gelê word om te waardeer en te geniet.

"Luisteg!"

"Ja, Korporaal?"

"As die kostgok eendag opdaag..."

Dit was so asof hy hom bedink.

"Ja, Korporaal?" Ons segsman se stem was vol onderdanige hoop.

"... ee ja. As die kostgok opdaag, sal ek kyk wat ek vig julle manne kan ôgenaais, ogait?"

Vir lang oomblikke was dit stil in die trok. Die verantwoordelikheid van een streep ... Dit het mooi geval op die ore van die manne.

"Hêl, baie dankie, Korporaal!"

"Ôkkie nodig om te vloek in my tgok nie, tgoep."

Gesag het homself weer bevestig na die paar oomblikke van toegeeflike swakheid.

"Goed, Korporaal. Skies, Korporaal."

"Ja. Watchit."

"Dis reg, Korporaal."

"Korporaal?"

"Ja? Jy pla my, man."

"Skies, Korporaal, maar ons wonder net hier agter."
"Ja?"
"Ons wonder wat Korporaal se naam is."
"Dis Johannes, maar my vgiende noem my Johnnie."
"Dankie, Korporaal Johnnie."
"My *vgiende,* sê ek! Nie tgoepe nie!"
"Skies, Korporaal. Goed, Korporaal. Dankie, Korporaal."
Buite in die donker natheid het die klank van vragmotorenjins wat aangeskakel word, gekom. Beweging. Ook ons korporaal het sy knoppie gedruk.

Die trok het gekarring, maar nie gevat nie. Weer en weer. Onsuksesvol.

Ons het sit en wag. Die gekarring het opgehou.

Hierdie keer was die stem heel vriendelik. "Kêgels! Gee julle om om uit te..."

Die stem het weggedroog. So amper het hy van sy streep vergeet.

"Hei! Julle dônnegs! Uit! Klim uit en stoot! Goeg julle stegte!"

"Skies, Korporaal, maar het jy die choke probeer?"

Stilte.

Die gekarring begin weer. Onsuksesvol. Dit stop.

"Ja, ek het. Dit wegk nie."

"Het jy brandstof?"

Dis waar 'n korporaal ophou twak vat van 'n troep.

"*Ek* het 'n dgywegskugsus gedoen! Tgoep! Klim uit! Stoot! Uit!"

Ons het geklim. Ons het gestoot. Deur en oor die klippe. Deur en wydsbeen oor haak-en-steekbosse wat gevat en geklou en amper gehou het op plekke wat mens in die daglig *nooit* naby 'n haak-en-steekbos sou toelaat nie.

Maar dit was donker en die korporaal het geskree en aangemoedig en sleggesê.

En ons het gestoot. Twaalf majoors en kapteins. Die trok het gevat en weggetrek met 'n spoed.

"Klim dônnegs!"
"Trap jou clutch, Korporaal! Stop!"
Ons het gehardloop en ingehaal. Hy't clutch getrap en gestop. En so het die enjin.

Die korporaal het uitgeleun uit sy kajuit om te sien of ons nog kom. Hy't donker vorms uit die donker sien aanstorm.

Sonder om te wag en mooi te kyk het hy teruggesak agter sy stuurwiel in. Sy stem het helder en duidelik tot ons aangesweef.

"Stoot! Ons gaak agteg!"

Weer het ons gestoot, geval en stukke kleding en vel in haak-en-steekbosse agtergelaat.

Die trok het weer gevat. Ons het geklim en in 'n nat, deurmekaar bondel bo-oor mekaar agterin geëindig.

Terwyl ons onsself nog uitsorteer, stop die trok en die enjin gaan weer dood. Stilte.

"En nou, Korporaal?"
"Ons is daag. Ons slaap hieg."
Stilte.
"Dink Korporaal ons gaan nog kos kry vannag?"
Stilte.
"Ek pgaat nie met jou nie, tgoep. Slaap nou en hou jou bêk."
"Goed, Korporaal. Skies, Korporaal."
Stilte.
"Korporaal?"
Stilte.
"Ja, tgoep? Wat's jou case?"
"Ons is bietjie vol hier agter. Kan ek nie by Korporaal kom slaap in die kajuit..."
"Jy vgek! Hiegsie plekkie! Tgoepe agtegin, offisiege voogin."
Stilte.
"Ek sien. Dankie, Korporaal."
Stilte.

"Nag, Korporaal."

"Nag, tgoep."

En op die ry af sê elkeen so eerbiedwaardig as moontlik, "Nag, Korporaal!" en elke keer, ferm beleefd en heel vaderlik, "Nag, tgoep!"

Toe die manne egter weer voor begin en hy vir die drie en twintigste keer "Nag, tgoep" sê, het hy begin agterkom alles is nie pluis nie.

"Hei!"

"Ja, Korporaal?"

"Hoeveel van julle dônnegs is daag hieg in my tgok?"

"Net so 'n klompie, Korporaal."

"Nou sê self vir mekaag nag. Netnou tense ek op van al die nagsêegy."

"Goed, Korporaal."

Stilte.

"Nag, Korporaal."

"Nag, tgoep."

Stilte.

Tweede stem: "Nag, Korporaal."

"Nag, tgoe . . ." Stilte.

"Julle soek my, nè?"

"Nee, Korporaal."

"Nou gol dan 'n klip voog daai bek van jou."

"Goed, Korporaal. Nag, Korporaal."

"Nag, tgoe . . ."

Dié keer het hy nie klaargemaak nie. Hy't klip voorgerol en sonder om 'n ernstige dissiplinêre konfrontasie af te dwing, wat rêrig nie ons plan was nie, het ons sy voorbeeld gevolg. Ons het met groot afwagting aan die slaap geraak.

Wakkerword die volgende môre was toe die staalklap van die bak met 'n knal oopval.

"Wakkegwogd! Wakkegwogd!"

Ons het sy gesiggie dopgehou. Die afwagting was iets tasbaars. Sy oë het die bak gevee. Van een kant na die ander. Vir twee sekondes.

Toe blom sy glimlag en salueer hy. So 'n bossaluut.

"Môge, menege! Die kostgok het opgedaag en bgekvis is gegeed!"

Hy was al weg toe's dit nog tjoepstil op die bak.

"Kegels. Hy was nie té verbaas nie, was hy?"

Ons het vir mekaar gekyk. Ons woordvoerder het sy kop stadig geskud.

"Nee. Kan tog nie wees nie ... hè?"

Niemand verstaan nie

"Gaan dit goed tuis, Chops?"

"Lekker dankie, Kaptein."

"Nou wat beteken 'Lekker dankie, Kaptein?' "

Die jong korporaal het vasgesteek en geglimlag.

"Nee, lekker dankie, Kaptein. Rêrig lekker dankie! Dit gaan goed met my ouers."

"Jou eerste tuisverlof vir nege maande, nè?"

"Ja, Kaptein."

"En wat sê hulle, het die Army hulle seun mooi geleer hier op die grens?"

"Ons het nie so baie grens gesels nie, Kaptein."

Die kaptein het sy wenkbroue gelig.

"Nou hoe dan? Het jy nie 'n paar 'Chops die Grensvegter'-stories vir hulle vertel nie?"

Die korporaal het geglimlag.

"Nee, Kaptein."

Die offisier het gefrons. Hy ken dié jong korporaal goed genoeg om te weet dat hy die laaste een sou wees om oordrewe grensstories aan sy ouers te gaan vertel. Moontlik juis omdat hy een van die min is wat werklike aksiestories het om te vertel. Chops was 'n skerpskutter. 'n Goeie een. Hy't reeds minstens vier terroriste op sy kerfstok.

Maar as hulle regtig stories het om te vertel, vertel hulle mos nie.

"Chops, ontspan. Ek het nie regtig bedoel jy moes gaan grootpraat het nie!"

Chops het weer geglimlag.

"Nee, ek weet, Kaptein."

Hy't 'n oomblik stilgebly. Na die kaptein gekyk. Dié se aandag was by hom.

"Ek het baie goeie ouers, Kaptein. Hulle is liewe mense. Toe ek by die huis kom, was al die familie van die Transvaal daar. Yslike paartie. Almal het presente gebring. En almal wil net weet hoe gaan dit. En almal sê net hoe gesond ek lyk. En almal wil weet hoe gaan dit op die grens, wat doen ons hier en so aan."

"Nou wat kla jy?"

"Dis waar die probleem inkom, Kaptein. Hulle vra almal. Maar dit lyk nie ... of hulle rêrig wil weet nie. Dis moeilik om sommerso weg te val en vir hulle te probeer vertel, duidelik maak ...

"Dit was so ... ánders daar. So ... amper sê ek 'oppervlakkig'. As Kaptein weet wat ek bedoel? Meisies. Rugby. TV. Dís waaroor dit daar gaan. Alles was vir my anders. My vriende, my ouers. Seker ook ekself."

Die kaptein het net gesit.

"Ek het maar bietjie gesels oor die kos, en die hitte, en die muskiete en die vlieë, en die local pops. Sommerso bolangs. Hulle het nie verstaan nie. Probeer polite wees, maar kon nie verstaan nie. Veral my ouers. Niks verstaan nie.

"Vir hulle was ek nooit eers weg nie. Nie na die eerste dag nie."

Hy't stilgebly. Sit en dink. Die kaptein het ook stilgebly.

"Kaptein weet, ek dink nie die mense daar onder wíl verstaan nie, of kán verstaan nie. Hoe kan hulle? Wat het hulle al deurgemaak wat selfs veraf kan vergelyk met wat hier aangaan? En ek wou só hê hulle moet verstaan. Iemand moet verstaan. En later, Kaptein weet, toe ons wel aan die gesels raak, toe net 'n paar mense oor was, en jy vertel iets wat sáák maak vir jou, iets wat vir jou belángrik is, nie die vegtery nie, maar die baie ander dinge hierbo, dan sê hulle: 'Ís dit? Hoe interessant. Rêrig, nè? Nou hoe lyk dit met nog koffie, of 'n stukkie koek?' En dan gaan hulle aan met húlle stories, oor rugby, politiek, meisies...

"En as ek met my meisie uitgaan en ek leen Pa se motor, dan gee hy my nog dieselfde toespraak oor veilig ry en my ma sê ek moet nie later as twaalfuur in die huis wees nie...

"Hoe kan ek hulle vertel van ons hakkejag-operasies? Die kontakte. Die vier man wat ek...

"My een oom, Jack. Hy was in Rommel se oorlog. Praat nie veel nie. Maar toe ek groet om terug te kom, toe sê hy: 'Hulle het nie verstaan nie, Chops, het hulle?' Hý't verstaan. Hy was die enigste een.

"Hulle is liewe ouers, Kaptein. Maar ek is bly om terug te wees.

"Kon nie wag nie."

Vingers in die ore

"Raait! Start hom op. Kom ons ry!"

Dit is nog maar nege-uur in die oggend, maar die kajuit van die vragmotor is reeds warm.

Die korporaal plaas sy R1 in die houer skuins agter hom en terselfdertyd lig hy hom om die ronde dakluik oop te maak.

Elke stukkie vars lug gaan vandag goud werd wees. Veral waar die kajuit boonop reg bo-op die enjin sit en die hitte daarvan spoedig in lugspieëlings tussen hom en die bestuurder gaan opslaan.

Heerlik in die winter, maar dit is somer, in Owamboland!

"Ok al gatvol vir dié trippie," laat die bestuurder van hom hoor as hy met sy linkerhand voel-voel na die ongemaklike aanskakelknop van die trok. Hier links agter tussen die sitplekke.

Die enjin vat en hy sit terug om die remdrukmeter dop te hou. Dit gaan nie lank neem om dié druk reg te hê nie. Iemand het al met dié vragmotor gery vanmôre.

"Ek sê ..." verhef hy sy stem bo die gedreun van die motor.

"Ja, ek weet. Jy's gatvol vir die trip. Ek ôk. Sakiemakie. Moet gedoen word."

Die korporaal kyk voor hom uit. Elke week word dié twintig-kilometer-tog afgelê. Twee trokke met voorrade vir 'n buitebasis. Eintlik 'n skool. So 'n twintigtal onderwysers wat daar skoolhou – almal dienspligtiges, dan ook 'n peleton troepe wat die gebied fynkam en terselfdertyd die landboukennis van die swart boere probeer verbeter.

'n Vervelige trippie. Selfde ou paadjie. Eers deur die mopaniebos, dan oor die groot oop shona, of vlei, dan oor 'n tipiese sanderige stuk plat wit aarde voor die laaste entjie, weer deur 'n mopaniebos tot by die basis en skooltjie self wat heel skilderagtig onder die groot bome geleë is.

Die bestuurder het skynbaar besluit die remdruk is reg, want hy trap die koppelaar en met 'n knars druk hy die rathefboom in eerste.

"Vashou, Korporaal! Ek gaan hom laat wheelie!"

Gemaak ernstig gryp die korporaal na vashouplek en skop vas in sy sitplek. Sy oë trek toe op skrefies in afwagting vir die brullende wegtrek.

Die bestuurder gryp die wiel vas met albei hande en hou vir lewe en dood.

Die enjin begin dreun en hy laat die koppelaar kom, stadig.

Dis 'n heel normale wegtrek, eintlik stadiger as normaal, dog die twee behou die kammaspel tot die bestuurder die trok in tweede rat sit; dan ontspan beide gelyk. 'n Goeie verbeelding en die vermoë om baie van min te maak kan 'n groot aanwins wees by tye.

"Ry ek jou bang, Korporaal?"

"Net so bietjie. Nettie te windgat raak en die trok rol nie, nè?"

"Nooitie, Korporaal! Belowe. Dis goed virrie trok se enjin om so bietjie te rev soms. Brand die pistons en die valves skoon."

"Nou sê jy my."

Die trok begin stadig vinniger ry en beweeg deur die groot oplighekke van die hoofbasis.

"Waar's jou magasyn?"

"Hier, Korporaal."

Die bestuurder gee sy vol magasyn aan en die korporaal plaas dit op sy wapen. Dan doen hy dieselfde met sy R1.

Dis standaard-"drills" wanneer die basis verlaat word.

Die korporaal weet dat die twee wagte agterop die bak, en ook die bemanning van die trok agter hulle op hierdie oomblik dieselfde doen. Met hul terugkeer sal die magasyne weer by die hek afgehaal word. Veiligheidsmaatreëls.

Kan wel vra hoekom. Niks gebeur ooit hier in en om die hoofbasis nie. Hier skiet niemand ooit nie.

Tensy mens inreken hoe daai een simpel troep uit Durban per ongeluk een aand nie sy R1 behoorlik ontlaai het nie en toe 'n skoot deur die dak gejaag het.

Hom byna keduks geskrik. Hy moes vir die skade betaal, plus die ekstra PT.

En dan was daar die samajoor wat rustig lê en suntan het op 'n Sabbatmiddag. Agter hom in die tent was sy pêl besig sy 9mm-pistool skoonmaak toe hy per abuis 'n skoot laat afgaan.

Deur die tent en kolskoot in sy kollega se boud.

Was eintlik nie snaaks nie. Lelike wond maar niks gevaarliks nie. Hy's teruggevlieg huis toe.

Wonder wat hy vir die mense tuis vertel het.

Roetine. Roetine. Alles roetine.

En wat sê die opleidingsboek van in 'n roetine verval?

Dis baie gevaarlik. Gevaarlik, maar so gerieflik. Doen altyd alles op dieselfde manier en op dieselfde tyd. Verval in 'n groef. En hier bo sê hulle die verskil tussen 'n groef en 'n graf is net ses voet.

Maar dis op die grens — verder noord. Nie hier by die hoofbasis nie.

Hier ry hulle hierdie ou paadjie al byna 'n jaar lank. Selle ou storie. Maand in en maand uit. En hier's geen aktiwiteite hier rond nie. Daarom doen hulle dit maar elke Vrydag.

G'n wonder die troepie sê hy's gatvol vir die trippie nie. Hy's self ook.

Die vragmotor vat die shona se byna twee kilometer lang gelykte. Droog en stowwerig in die droë seisoen, soos nou, maar vol water, so 'n halwe meter diep, in die reëntyd.

Dan staan die donkies pensdiep in die water en vreet aan die lang groen gras. En die Wambo's vang vis met hul kuipe – hier waar hy nou ry.

Nogal eienaardig daardie visvangery.

Waar kom die vis skielik vandaan? Hier's dan net stof!

Gelyk en blinkwit in die sonlig. En hy't sy donkerbril in sy tent gelos. Dit sal hom leer.

Dan die bekende klomp palmbome, en minute later ry hulle die mopaniebome in. Bekende blare. Nes die mopanies daar in Shingwedzi se wêreld in die Krugerwildtuin. Lekker braaivleishout. Lekker koelte ook.

Nog so 'n kilometer na die skooltjie toe. Hy ken die pad uit sy kop uit. Hy weet presies wat gaan gebeur.

Sodra hul trokke se dreuning gehoor word, gaan die kinders uitgehardloop kom en so 'n paar honderd meter van die skool af, op die rand van die bos, vir hulle wag.

As hulle verbykom, is dit 'n groot gewaai en gelag en gesaamhardloop. Afhangende van sy gemoedstoestand sal hy stilhou en so 'n klompie oplaai vir die laaste entjie na die skool toe.

Hulle geniet dit tog so baie ...

En daar is hulle ook. Die klompie kleingoed. Nes altyd. Die groot weeklikse gebeurtenis van hulle andersins vaal lewetjies.

"Glimlag, Korporaal! Ons verwelkomingskomitee is op hul pos!"

"Ek sien so ja."

"Tel ons 'n paar op vandag?"

"Okay, maar laat hulle eers 'n entjie saamhardloop. Dis net so lekker as saamry ..."

Die vragmotor ry stadiger as hulle die opening nader. Die korporaal kyk na die kinders. Dieselfde veertig, vyftig – almal laggend en opgewek. Jy sien net tande ...

Maar iets is anders. Nee, hy verbeel hom. Niks is anders nie ... En tog ...

Wat kan dit wees? Hy begin onrustig voel. Hy sit vorentoe ... Wat is dit aan die kinders?

Langs die pad wag hulle die vragmotors in. Waaiend, skreeuend. In 'n bondel. Soos altyd. Hulls is nie in 'n bondel nie! Dís wat anders is! Die groot groep is voor teen die pad. Maar agter hulle staan 'n kleiner groepie – so vyf, ses van hulle. En wat op aarde maak hulle? Behalwe dat hulle stilstaan.

"Korporaal. Iets fout, Korporaal?"

Die bestuurder voel sy onrus aan. Hy ry stadiger.

"Daai agterste kinders ... Wat maak hulle?"

"Korporaal?"

"Hulle het hulle vingers in hul ... Stop! Ankers! Ankers! Stop!"

Albei word vorentoe gegooi soos die bestuurder die remme vasskop. Die trok kom tot stilstand in 'n stofwolk. Agter hom stop die ander een ook haastig. Die korporaal ruk sy R1 uit sy houer en gladweg span hy die wapen voor hy die deur oopmaak. Die bestuurder doen dieselfde, sy oë op die korporaal. Iets is lelik fout, maar hy weet nie wat nie.

"Daardie agterste kinders. Hul vingers is in hul ore gedruk. Hoekom? Hoekom druk mens jou vingers in jou ore?"

Die bestuurder kyk weer. Die groepie agterste kinders hou nog steeds die vragmotor dop, maar haal nou een vir een hul vingers uit hul ore.

"Hulle weet iets, Korporaal! Hulle wag vir iets. 'n ... 'n ... Geraas?"

"Blêrrie seker! En hoekom hou hulle hierdie trok dop? Hè? Wat sê dit vir jou?"

"O hêl! Korporaal!"

Die korporaal is intussen besig om die bos om hulle deur te kyk. Dis egter oop mopaniebos. Daar's geen onmiddellike gevaar van 'n hinderlaag nie, en hulle is mos amper by die basis. Kan egter nie kanse waag nie.

"Julle twee!"

"Korporaal?" Kom dit van die twee wagte van agter op die bak.

"Een links, een regs. Roer!"

Sonder om te argumenteer spring die twee af en hardloop tien tree die bos in waar hulle platval en begin waarneem. Die bemanning op die agterste trok doen onmiddellik dieselfde.

Die korporaal kyk weer na voor. Die kinders het teleurgesteld vasgesteek en hou hulle dop. Een of twee begin nader loop – in die tweespoor-pad af.

"Voesek! Skoert! Terug skool toe!"

Hy klink so kwaai as hy kan en hulle steek verbaas vas.

"Moenie naderkom nie! Bly daar, nee, gaan terug! Skool toe! Loop! Hamba!"

Verbaas begin die kinders retireer. So ken hulle hom nie, maar hulle gehoorsaam.

Hy druk die stelknip van sy R1 na veilig en spring uit.

"Dek my." Bo uit die opening van die kajuit hou die bestuurder die omgewing dop. Terwyl sy manne hom verbaas dophou, sny die korporaal vir hom by die naaste mopanie 'n twee meter lang stok met 'n skerp punt. Hy swaai sy R1 oor sy skouer en stadig begin hy steek-steek in die sagte grond, al met die regterspoor langs.

Presies agt tree voor hul regtervoorwiel het hy die landmyn opgespoor. 'n Geel kaas-tipe Joego-Slawiese produk.

En daar het die geniekorps se manne dit kom uithaal en onskadelik gestel.

Terwyl die kinders toekyk.

Dankie, my kind

Die geluide om jou klink só bekend. Soveel keer al gehoor op soveel geleenthede. Koue winteroggende en warm somerdae. Hartseer geleenthede en dié kere toe die ou hart gebons het van die vreugde van die weersien.

Johannesburg-stasie.

So mooi modern daar bo maar so ... so ... stásie hier onder.

Betondak met stalaktietjies. Geheel en al onhoorbare aankondigings oor die sogenaamde luidsprekerstelsel. Stemmegedruis.

Oud en bekend, en tog nie. Nie vandag nie. Vandag is die emosies totaal deurmekaar. Vorentoe sal jy kan terugkyk na vandag as nog 'n stukkie herinnering aan Johannesburg-stasie, maar dis alles môre – in die toekoms.

Vandag dink jy nie aan die toekoms nie.

Jy dink net aan nou. En jy is onseker as jy om jou kyk. Het jy reg opgetree? Toe jy jou vrou gevra het om liewers nie te kom nie. Om liewers by die huis klaar te groet.

"Daar is sóveel admin, ou dier. Mens sal net rondhardloop met al die manne se probleme en dan staan jy daar, stoksielalleen. Afgeskeep. Jy sal nie daarvan hou nie. Ek sal nie daarvan hou nie. Nee wat. Ons groet hier klaar. Beter so. Okay?"

Sy't gesê okay, en nou staan ek hier op die stasie en wag vir iets om verkeerd te loop sodat ek kan rondhardloop en besig wees.

Enigiets, net nie hier so stilstaan nie.

Maar die samajoor ken sy storie en daar is nie probleme met die manne nie. Probleme van 'n ander soort is daar wel. Volop. Die groepies wat eenkant staan en probeer onsigbaar word. En dié wat nie omgee wat enigiemand sien of dink nie.

Die trane. Opregte trane. Trane wat vryelik loop. Te vryelik soms. En die ouens wat sterk staan. Hier voor al die manne, en so aan.

En ek staan en kyk na hulle en ek voel so effe jaloers. Hier's niemand wat oor mý huil en aandag gee nie.

Ek wonder wat maak sy nou. Huil sy miskien ook, soos ek hier binnekant. So 'n bietjie?

Basta. Dis 'n troepetrein dié. 'n Paar honderd man. Groot sterk manne. Bang vir niks – of as hulle is, is dit baie onsigbaar op hierdie oomblik.

Jy word bewus dat jy uitgewys word. Aan familie. En die oë wat na jou kyk, doen dit met 'n vreemde, onbekende, opsommende frons. Jy's een van dié in bevel. In jou sorg toevertrou. Hul seun.

Jy't mos altyd gewens en gewerk en gesweet en ge-kursus en trots gewees as die rang elke paar jaar hoër klim.

Korporaal, sersant, een-pip-luitenant, twee-wiel-bicycle, kaptein...

En nou sê die boek jy kan al help aanvoer aan 'n kompanie van eenhonderd en vyftig Suid-Afrikaanse soldate.

Aan jou word toevertrou die wel en wee in oorlogvoering van nie net eenhonderd en vyftig man nie, maar ook eenhonderd en vyftig families van die eenhonderd en vyftig man. Ouers, broers, susters, nooiens, oupas en oumas, ooms, tantes, neefs, niggies, kennisse en vriende van werkgewers, professore en medestudente en so op die ry af. Ad infinitum.

Elkeen van hierdie honderd en vyftig man in bruin het 'n handjievol mense wat vir hom lief is. Vir hom omgee. Sommige meer as ander. Baie meer. Mense wat na hom gaan verlang. Wat snags as dit donker is, aan hom gaan dink en wakkerlê met daardie hol kol op die maag en tevergeefs probeer indink wáár hy nou is. Wat doen hy nou? Op hierdie oomblik. Terwyl ek hier asemhaal en in die donker tuur – doen hy dit ook? Dink hy aan my? Reik hy ook na my oor die groot afstand? En hoekom kan ons mekaar nie aanraak nie? Net een keer. Asseblief?

Mense wat net met tussenpose hul gedagtes van hom gaan wegkry, om dan maar weer na hom terug te keer – sonder ophou. Aanmekaar. Drie maande lank.

Mense wat sy skoene net so gaan los voor sy kas. Tot hy terugkom. Wat gaan ruik aan sy kussing, en aan sy klere in die hangkas ... sý ruik.

En mense wat altyddeur sal onderdruk aan daardie verlammende, yskoue gevoel wat bly terugkom, sê nou, sê nou maar net ... Al sê die statistieke ook wat.

Wat die stowwerige Bybel sal uithaal en afstof, so effe skuldig, en sê: "Skies Here, ek weet ek mag nie nou nie, want ek het nie toe hy hier was nie, maar Here, hy's al wat ek het ..." En sommer so op die knieë aan die slaap sal raak met die hoop Hy sal verstaan. En vergewe. En sý voete rig daar bo aan die grens.

En hulle sal bid vir al die manne wat saam is. Dat hulle saam sal moed hê en sterk wees. Mekaar sal help.

"... en sy offisiere, Liewe Heer. Hulle wat sal besluit. Hulle wat opgelei is. Hulle wat bevorder is weens hul kennis en wysheid en leierseienskappe ... Hulle wat sal sorg dat hy veilig terugkom na my toe, na ons toe. Seblief, Here."

'n Trein rammel verby.

Die oë bly staar. Is dít hy? Daardie een? Jy sê hy's okay? Jy dink so? Die weeg, weeg, weeg ...

Ek draai om. Kompartement toe. Weg van die hulpelose hoop en assebliefs in die oë van dié mense.

"Kaptein! Skies, Kaptein!"

Loubsertjie staan voor my. Effe rooigebrande gesiggie vol opwinding en avontuur. Negentien. My radiobedienertjie.

Agter hom sy ouers. Eenvoudige, maar goeie mense. Die

oom het 'n pak klere aan. Sy arm is om sy vrou se skouers.
Sy't gehuil. Van gister al, hoewel sy dit probeer wegsteek.

En die oom. Staar my net aan, sonder om 'n spier in sy
gesig te trek. Die lagplooitjies om sy oë heeltemal afgeskeep.
Probeer my opsom.

Dan is dít hoe hy lyk. Hierdie man wat sý seun...

"Ma, Pa. Dís my kaptein!"

Ek knik net my kop. Probeer glimlag maar die oë weier. My
stem ook.

Wat soek Oom? Waarborge? By mý?

"Dag Oom, dag Tannie."

Sy kom stadig vorentoe, neem albei my hande in hare en
kyk my in die oë.

Sy soen my liggies op die mond.

Ek kan net-net hoor: "Dankie, my kind. Dankie."

Die volmaanghitaar

'n Volmaan in Owamboland is iets baie besonders. 'n Volmaan enige plek op aarde is besonders, gekoppel soos dit tradisioneel is met die menslike romantiek.

In Wamboland egter, in die huidige bedeling, is romantiek nie ter sprake nie. Nie eens op 'n volmaanaand nie.

Dat daar egter 'n 'andersheid', 'n 'mooiheid' in 'n Wambolandse volmaan is, is gewis. Daar's ook meer as 'n tikkie heimwee en groot verlange in daardie groot geel bal wat so geheimsinnig opkom deur die palmbome om die landskap aan die brand te steek.

Is dit omdat maan-assosiasies byna altyd dwing na die tradisionele romantiek, die kere toe dit 'gedeel' was...?

Want hier, waar hy so uitermate mooi is, kan jy dit nie deel nie. Selfs nie met jou beste makkers nie. Verwys daarna, ja.

"Mooi maan vanaand, hè Chris?"
"Pragtig man!"
"So of dit mooier is as by die huis."
"Ee ... e ja, moontlik."
"Seker maar eintlik omdat 'n ou hier droëbek sit ..."
"Seker maar, ja."
En niks verder nie.

En jy dink jou gedagtes en Chris syne en dis heelwaarskynlik baie dieselfde, maar nou ja, dis nie so maklik om 'daardie' gedagtes, herinneringe, vryelik sommerso te deel nie, al is hy jou beste vriend.

En die hele werklikheid waarin jy daar verkeer, moedig nie juis sentimentaliteit aan nie, hoewel juis dit, die normale, daar soms so 'n groot gemis in jou lewe is.

Dit was so 'n aand, emosioneel gesproke, toe ek hier byna halftwee een môre van diens gekom het en op pad was na ons tent. Dit was volmaan. Die maanskyn op die spierwit sand van Wamboland is so helder dat jy koerant kan lees buite – so het die troepe beweer.

En alles is stil. Stil en rustig. Ek het stadiger geloop en die unieke mooi rustigheid probeer deel maak van my. Vir altyd liasseer iewers in my geheue om vorentoe te voorskyn te haal as brandhoutjies wanneer die donker kolle van die lewe opduik en mens wil terugval op iets soos 'n stilwit Wambolandse maanligaand.

Die donker rye tente op die wit sand. Vol slapende troepe. Die kruis en dwars swart skuilslote vir wanneer die mortiere kom. Die twee wagte in hul wagpos. Pikswart silhoeëtte teen die wit landskap. Maar stil, alles stil.

Ek dink ek het na die suide gekyk. Drie lengtes van die Suiderkruis. Huis toe.

Ek het al staan en luister na die musiek voor ek dit gehoor het. Die melodie het perfek geharmonieer met my gemoedstoestand. In een van die verste tente was iemand 'n ghitaar aan die tokkel. Sag en stemmig. Gespeel deur een wat kón. Maar sag, verweg, asof hy net vir homself speel. Soos ou Jakob Ontong, net baie baie mooier.

Die melodie was bekend, en tog kon ek dit nie plaas nie. So 'n hartseer, ver-verlange-melodie. Ek het gesoek na die titel. Só bekend ... Dit het bly sit op die punt van my tong ... Toe val die stemme in. Vier manstemme, perfek geharmoniseer. Maar sag. Baie sag. Net-net hoorbaar: "Country roads, take me home..."

John Denver. Natuurlik.

Hulle het die woorde geken. Die ghitaarspeler het sy instrument geken, en die geheelklank was onbeskryflik vol heimwee en verlange. Die musiek was deel van dié maanskyn. Deel van die witgeel lig wat so alles omspoel . . .

Die wagte het gedraai, swart silhoeëtte teen die liggeel. Hulle het geluister. En ek het geluister.

Die maanskyn was al 'n hele rukkie alleen voor ek besef het die musiek is stil.

Die wagte het nie geroer nie.

"Take me home, take me home . . ."

Vir Etienne, Charlie, Reggy en Vissie

Gister, of was dit eergister, sommer netnou nog, was hierdie oorlog nog nie rêrig nie.

Gehoor al van Swapo ja. Angola was net 'n naam. Gehoor al van ander ouens wat in skermutselings was ja, maar dat dit regtig kan gebeur? Met my en my peleton? En dat dit só gebeur? Nie geglo nie. Nie eers vir een oomblik daaraan gedink dat dit kan gebeur nie. Nie met ons nie.

Selfs toe ons, was mos twee dae gelede, hierlangs gery het, hier waar ons twee nou stap – hier lê ons voertuigspore nog in die sand – het ek nie kon dink dat ons nog slegs sewe minute gehad het van kommervrye onbetrokke soldaatwees nie.

Weet enigiemand ooit, op 'n spesifieke oomblik, dat hy nog dertig sekondes, of vyf minute, het om te leef? Glo nie. Beslis ook beter so.

Ou Charlie en Reggy het nie geweet nie. Daar bo-op die sandsakke agterop die Mog se oop bak, skud-skud deur die sand, op pad om langs die rivier luisterposte te gaan opstel vir Swapo. Dat ons kan weet as hulle deurkom.

Elke ou besig met homself en sy eie gedagtes – met die gepantserde spookvoertuig voor. Leeg, slegs die drywer en 'n paar man. Hulle sou van die buiteposmanne terugbring.

Toe gaan die landmyn af. Snaaks, ek kan nie onthou dat ek dit gehoor het nie. Net 'n vlam hitte, en 'n hèlse ruk en die Mog* wat die lug inklim hier onder ons; toe's alles oor.

---

*Hierdie gebeure het plaasgevind voor die nuwe mynbestande voertuie beskikbaar geword het.

Half katswink geval.
Ek kon nie sien nie. Net sand en stof in my oë. Snaaks. Ek het eerste gedink aan 'n hinderlaag – dan's ons dood. My R1 was weg. Skoonveld. Ek het gevoel – my bene, ribbes. Niks was gebreek nie. Alles okay. Dankie tog. Na 'n rukkie kon ek weer hoor ook, en dís eintlik waar ek besef het, vir die eerste keer, dat oorlog ook vir Jan Brümmer ingehaal het. Afgesien van die krapperige sandkorrel in my linkeroog kon ek amper weer sien ook. Al is alles dynserig.

Ouens het gepraat. Haastig. Vreemd. Soekend. Hoër stemtone as gewoonlik – en tussendeur die gehuil-kerm van iemand – en die vlamme. Die stink rook en die vlamme. Chaos. Alles deurmekaar. En my ou kop wat net nie helder wou word nie.

Wat is dit alles? Wat moet ek doen? Iets moet ek tog seker doen – ek is die luitenant; ek moet seker iets doen . . . as die sandkorrel net wou ophou krap in dié oog van my.

Maar toe kón ek sien. Sommerso skielik. Alles gerangskik reg voor my. Die brandende middeldeur gebreekte Mog. Sy bak nog vol kospakke, jerrykanne brandstof – vasgemaak, losgeruk – en die R1-geweerlope wat tussen die rooi vlamme uitsteek.

Jerrykanne. Daar sit vier – nee, vyf van hulle: vasgemaak, vol brandstof, die rooi vlamme en die stink olierook. En heeltyddeur die geknetter en kraak van die vlamme.

Brandstof! Toe het my ou kop begin werk. En hier stap die manne – een of twee kruip soek-soek – al om die Mog. Tel goete op. Dra goed. Sleep goed. Mý manne. Aan die werk en ek lê hier seerkop en doen niks!

"Die jerrykanne, kêrels! Weg – bos toe! Dit gaan ontplof!"

Ek het opgevlie om net weer om te val. Dronk soos 'n hoender. Gelukkig was die bang erger as die dronk.

"Jerrykanne! Bos toe, kêrels! Sóóntoe!"

Dis al wat ek geskreeu het, maar my skreeu was maar bra stowwerig. Dit het gelyk of die ouens begin hoor. Hulle het in die rigting wat ek gewys het – weg van die rivierwalle af, dis waar Swapo kan skuil – begin beweeg. Mekaar gehelp. Gestrompel. Sommige met gewere. Ander met niks.

Daar was bloed. Heelwat.

Soos op ou Irish – hy't net daar gesit op die sand en gemompel. Dooi weet wat hy gesê het, net gemompel en die vuur het in sy oë weerkaats.

Sy arms was vol bloed.

'Ou Irish! Roer jou man – volg die manne, soontoe! Ons kyk nou-nou na jou arm!'

Ou Irish het stadig opgestaan. Hy't nie vir my gekyk nie, net na die bak waar 'n magasyn R1-patrone skielik begin afgaan het.

Ek het weggedraai en was op pad na 'n hopie iets wat daar agter die Mog gelê het, toe ek iemand hoor skree:

"Ou Irish! Is jy bedônnerd! Kom hier, jou stoopid moegoe!"

Toe ek draai kon ek dit nie glo nie. Ou Irish was terug op die bak. Op die brandende bak. Hy't gaan sit soos daai Jogaghoeroes of wat hulle hulself ook al noem, kruisbeen, en voor hom uitgestaar. Hy't stadig heen en weer gewieg.

Die geel laatmiddag-sonstrale het deur die digte swart rook sy roetbesmeerde gesig verhelder. "Mooi foto," het ek gedink, die geel son en die rooi vlamme en die pikswart rook. Soos Duitsland se vlag.

Maar voor ek kon roer, want ek kon nog nie vinnig roer nie, was iemand, ek dink dit was ou Zappies, op die trok by hom en kry hom beet.

Maar Irish het hom niks gehelp nie. Zat. Net so bly sit.

Toe Zappies probeer lig en niks gebeur nie, en nog 'n R1-magasyn gaan hier by hulle af, kon hy nie wag nie. Hy't ou Irish sommerso aan sy kop en hare gegryp en van die bak afgepluk.

Irish se bosbaadjie het al gebrand. Ek het dit vol sand

gegooi en doodgeslaan terwyl ou Zappies vir Irish bos toe gesleep het.

Hy't gepraat met hom. Aanmekaar.

"Onnosel! Dêm fool! Jy bossies of iets? Wat gaan sit jy op die bak voor? Hè? Dêm ding brand, kan jy nie sien nie? Vóél jy nie? Hè? Dêm onnosel? Moenie stoopid weessie, ou Irish. Ons gaan huis toe, almal van ons. Jy ook. Ek beloof. Promise. Kom nou my ou China ... Help my man! Blief jong ..."

Ek het hom laat begaan. Nie een van die twee het meer hulle R1's gehad nie.

"Ou Jan!"

Dit was Etienne se stem. My medeluitenant. Ek moes gaan stilstaan om die rigting van sy roep te oriënteer.

"Daar voor by die wiele," het 'n vuil swart ou gesê toe hy iemand verby help, bosse toe. Hy was al 'n ent weg toe hy onthou om 'Luitenant' agterna te sê.

Ek het Etienne gekry. Teen 'n stomp geleun. Sy been was snaaks. Baie snaaks. Met baie bloed.

Ons radiobediener was besig met die been. Etienne het pas klaar gepraat op die radio.

"Ou Jan – jy okay?"

Ek okay? Natuurlik is ek okay! Dis ek wat hóm moes gevra het. Maar dis tipies hy. Etienne.

Ek het by sy been gehurk, en weer op my knieë geval. Alles dronk om my.

"Dronkerig, ou maat, maar okay. En jou been?"

"Voel niks, so dit moet okay wees. Ek het nou net met HK gepraat. Daar's 'n chopper op pad. Alles is okay."

"Se dinges – jou been is nie okay nie ..."

Ek onthou die radio-outjie het opgekyk – sy hande vol bloed.

"Bietjie van 'n gat. Bompleister ingedruk. Om die bloed te stop. Dink Luitenant moet bietjie kyk ...?"

Hy't so 'n goeie joppie daarvan gemaak as wat ek sou kon. Die bloeding was omtrent stopgesit.

"Vir 'n seiner het hy goeie joppie gedoen. Jy okay? Kan ons jou dra? Ek dink ons moet daai kant toe – behoorlike rondomverdediging dieper in die bos. Om die Spook. Hier's nie veel skuiling nie, en as die ouens wat dié myn geplant het . . ."

Hy't saamgestem en ek en die radioman het hom gesleepdra die sowat sewentig tree dieper bos in. Tot by die ander manne.

Hulle het al mooi rondomverdediging reg gehad – sommige van die manne bebloed en vuil en besmeerd. Afgesien van die ongewone bloed was daar nie groot skade nie. Skok ja, maar Etienne se been was omtrent die ergste.

Die ergstes was in die middel van die kring, by die spookvoertuig, waar die medic besig was met hulle. Twee man het binne-in gesit. Ek het ou Etienne daar gelos en teruggegaan na die brandende trok. Ek lieg – 'n ent daarvandaan het ek gestop toe die jerrykanne afgaan. Yslike vlamme en rook. Die digte bome op die rivierwal het bolangs amper aan die brand geslaan. Gelukkig was hulle groen.

Uit die lig van die vlamme het 'n paar manne aangehardloop gekom. Hulle het twee manne gesleep. Sommerso wild, want petrolvlamme is nooit 'n grap nie.

By ons het hulle vasgesteek en uitgeput platgeval.

Ek het gehurk by die eerste van die gesleeptes, en die oorlog het op my skouer gaan sit. Dit was ou Reggy, en selfs ek kon sien ek kyk na die eerste dooie mens in my lewe.

En Charlie – ook dood. Snaaks, nie stukkend nie, soos van die ander manne nie, net dood. Sommer net dood.

Ons het hulle daar gelos – aan die kant van die opening. Mooi langs mekaar. So aan die slaap.

"Kêrels – as die jerrykanne nou klaar is, gaan kyk ons hoeveel gewere ons kan optel, en ammo en water en kos en wat ook al. Okay?"

Ons het. Drie R1's. Ammo, waterbottel of twee, 'n blikkie of twee kos. Dit was al.

Terug in ons tydelike basis het ons bymekaargetel alles wat ons het.

Sewentien man met nege R1's. Genoeg ammo. Elkeen met minstens een, sommige met meer, waterbottels. En een herderhond en sy hanteerder. Oulike hond. Niks gekla of getjank of so iets nie.

Kos maar min, maar dis okay. Die chopper kom ons haal.

"Voor donker is hy hier, kêrels," het Etienne aanhoudend gesê.

Hy't so gesit-lê teen 'n boom in die middel van ons tydelike basis.

"Hy's al lankal weg. Julle sal sien."

Na die eerste skrik en skok oor is, het die manne stil geword, en baie gekyk daar na oorkant waar ou Reggy en Charlie gelê het.

Dit was al sterk skemer toe ons die chopper hoor. Amper het ons vergeet om 'n ligfakkel op te skiet, op die nippertjie het ons tog en toe vind hy ons – sonder probleme. Die rook het ons posisie verraai.

'n Allouette. Net plek vir twee. En medisyne. Morfien en sulke goete.

Ek kan nie onthou hoekom ons gesê het hulle moet ou Reggy en Charlie maar liewers neem nie. Die gewondes was nie sleg nie, en Etienne het eenvoudig geweier. Hy sal op die volgende chopper gaan – ons het nie daaraan gedink dat dit dan donker sou wees nie, en dat daar nie nog 'n chopper voor môre sou wees nie.

So het hulle ou Reggy en Charlie ingelaai, weer mooi langs mekaar, en dit was al sterk skemer toe hulle opstyg, tussen die hoë bome deur.

Omdat alles nog so stil was, het die korporaal en ek met nog twee man rivier se kant toe beweeg vanaf die uitgebrande wrak.

Amper op die walle het ons die loopgrawe gekry. Baie van hulle. Die perfekte hinderlaag – met niemand daar nie. Leeg.

Ons was baie, baie gelukkig. Iemand het later getel – daar was plek vir sowat sewentig man.

Toe het dit donker geword vir 'n lang, lang nag.

Die manne was ook maar bekommerd, veral dié wat seergekry het. Hoe kom ons hier weg, Luitenant? Sal hulle ons kom haal, Luitenant? Wanneer dink Luitenant kom hulle ons haal, Luitenant? Dink Luitenant hulle sal ons aanval?

En dit was maar ou Etienne wat daar teen die boom sit en pa speel het.

"Julle mos gesê hulle kom ons haal. Nie met die Allo in die donker nie, onnosel. Tuurlik nie. Hoe de dinges dink jy kan hy land in die donker? Nee man. Môre-oggend kom hulle ons haal – met voertuie."

En so aan, reg deur die nag. Toe hy vroegoggend kla van pyn, het die medic hom 'n morfieninspuiting gegee, waarna hy stil geraak het, maar met eerstelig het hy weer 'n keer gesê:

"Daarsy! Eerstelig. Nou-nou kom hulle ons haal. Net eers lig word. Kan nie land tussen die bome deur nie. Gevaarlik..."

Ek het by hom gaan sit en gebid, saggies maar baie ernstig, dat die chopper moes kom, want ek het niks van sy kleur gehou nie. Ook was daar die bloeding wat nie heeltemal wou stop nie.

Ek weet nie wanneer hy dood is nie. Hy't stil geword en ek het gedink hy slaap, van die morfien.

Toe sê die medic saggies vir my: "Ek's jammer, Luitenant, maar ek dink die luitenant is dood. Sommerso."

Hoekom hy 'sommerso' bygevoeg het, weet ek nie, maar dit is hoe dit was. Ou Etienne het sommerso daar doodgegaan en my net so gelos.

Die blikskottel. My beste ou maat. Met die breë sterk skouers. Die optimis – onselfsugtige Etienne. Ek het skielik baie, baie alleen gevoel.

Die chopper het nie gekom nie. Dit kon nie. Toe is gereël dat twee voertuie ons sou kom haal – maar ook hulle...

Toe wag ons maar. Etienne toegemaak met sy bosbaadjie. Die manne het nie omgegee dat hy daar tussen ons bly nie. Hulle het almal gehou van hom. Snaaks. Nie een het iets gesê nie. Net so gekyk na die stil figuur en dan weer terug bosse toe.

En toe ons die radio probeer, werk hy nie. Batterye pap.

Om net weer die bosse dop te hou en te luister, luister, luister...

Toe dit begin warm word, het een van die manne met die brandwonde begin yl. Dit het my laat besluit.

"Al julle seer ouens. Klim. Korporaal, ry terug basis toe. Netnou is daar fout met die chopper; dan sit ons hier soos bobbejane. Julle sal laat vanmiddag by die kamp wees."

"En die luitenant, Luitenant?"

Daar was nie plek vir hom nie.

"Los hom hier. Net die beseerdes. En ry versigtig. En jy met die LMG op die dak – wakkerslaap, nè?"

"Ja, Luitenant."

"Kom julle in die moeilikheid, jaag jy deur, sonder wiele as dit nodig is."

"Goed, Luitenant."

Hy was baie verlig. Ek het nie geweet of dit was omdat hy teruggaan of omdat hy iets gekry het om te doen nie. Enigiets is seker beter as dié stilsit en wag...

Hulle is daar weg en ons was toe nege man met sewe R1's.

Dit was eintlik baie mooi en rustig daar naby die rivier op die sagte sand en onder die hoë bome. Soos by Shingwedzi.

So teen middag vra die radioman en die hondehanteerder of hulle net weer by die wrak kan gaan kyk wat daar rondlê.

Ek het hulle laat gaan, net om binne twee minute weer die oorlog op my skouer te kry.

Die hond het skielik begin blaf – toe klap twee skote, en die hond tjank. Meer skote, 'n geskreeu en meer skote.

Ek en 'n troep was al twintig tree weg toe die radiobediener teruggehardloop kom – al omkykend.

"Terries, Luitenant! By die Mog. Toe ons hulle sien, storm die hond en hulle wond hom. Toe hol hulle. Ons skiet toe op hulle, twee, drie van hulle, en hulle val terug bome toe. Dink ons het een gekry. Toe gaan ou Vissie om sy hond te gaan haal ... ek skree vir hom om die hond te los dat ons eers nog manne kry, maar toe tjank sy hond weer en hy hardloop ... en hulle skiet hom toe hy kniel by sy hond. Paar skote. Hy lê tjoepstil, Luitenant. Ek weet nie ..."

Ek het nog vier man met R1's laat kom en ons het die Mog van die flank genader. 'n Klompie skote die bos ingestuur, maar hulle was weg.

Vir hoe lank?

Ons het toe by Vissie gekom, maar hy was dood. Daar langs sy hond. Dood. Vir 'n simpel hond. Ek kon dit nie verstaan nie – of miskien het ek, maar wou nie.

Ons het hom en Etienne so 'n twintig tree buite ons posisie neergelê. Langs mekaar.

Waar was daai chopper? En hoeveel Swapo's is daar in die omgewing?

Dis toe dat ek besluit het om die manne terug te stuur. Die voertuig sal tog al amper by die basis wees en hulle is tog seker al op pad terug. So ook die chopper. Dan bly ek en een man agter by Etienne en ou Vissie, en ons gaan wanneer hulle met die chopper opdaag.

Die korporaal wou eers nie, maar hy't later geluister.

"Ons weet nie hoeveel van hulle daar is nie, Korporaal. Twee van ons kan maklik wegkruip. Maar nie ons klomp nie. Nou vat jy almal behalwe Vlismas; hy's die beste skut, en julle val in die pad. Bly bymekaar. Julle sal die voertuie langs die pad kry, jy sal sien."

Hulle is daar weg. Mooi in formasie, met die manne sonder wapens in die middel. Op 'n stywe stap.

En toe was dit nog stiller en alleniger en die bos se geluide nog mooier – en onheilspellender.

Ons het nie gepraat nie – of nie veel nie. Ek en Vlismas,

tussen die digte bome van waar ons kan sien, goed sien, sonder om gesien te word.

En gehoop hulle kom nie kyk nie. Kom nie soek nie. Net nie almal saam nie. Hoeveel sal dit wees. Dertig? Vyftig van hulle?

En daar anderkant lê ou Etienne, en Vissie. Hoe lank kan 'n mens in dié hitte ...

Hulle sal kom. Met die chopper, of die voertuie. Betyds. Hulle *moet* net.

Teen sterk skemer het ons geweet nog 'n nag lê voor – met die reuk van gebrande olie en petrol in ons neuse en naggeluide wat hier vreemd ontstellend was in ons ore.

Die maan was op. Geel kolle tussen die donker skadu's – en daar oorkant lê ou Etienne – al 'n dag lank dood ... Wat was dit? 'n Skaduwee? Roer daar van die skadukolle? Of roer die geel maanligkolle?

Of roer Etienne?

Jy word bossies, maatjie. Bossies. Jy's bang en moeg, doodmoeg ... dit het beweeg – iets. Daar's dit, net anderkant ou Etienne en Vissie.

Wat is dit? Swapo's? Hoeveel van hulle? Waar's die verkyker?

Twee. Twee vorms – duideliker nou. Hulle kruip, die bokkers bekruip ons – hulle ... dis honde! Honde! Nee, onse heigend. Hiënas. Dis hiënas – hulle soek ... kos. Aas.

Die walging stoot in my keel op. Hulle het kos geruik. Geruik!! Ou Etienne, Vissie ...

Voertsêk, julle vuilgoed!

Skiet kan ek nie – waar's 'n klip? Ek vind een en laat loop. Hulle steek vas. Kyk rond. Die tweede klip klap tussen hulle. Hulle skrik om, slegs tien tree. Staan dan stil en kom weer vorentoe – na die twee donker vorms.

Ek vlieg op. Sal net skiet as hulle aanval. Ek loop hulle storm – gooi nog 'n klip. Dit het hulle nie verwag nie, en vlieg om, afdraand-stert-tussen-die-bene oorkant die bosse in.

Ek steek vas. Sal ons ou Etienne-hulle nader sleep? Nee. Sien nie daarvoor kans nie. Nie nou meer nie. Skies ou Etienne. Vissie.

"Hiënas, Luitenant?"

"Dêm goed. Kry 'n paar klippe bymekaar."

"Seker nie Swapo's daar oorkant rivier toe as hulle soontoe is nie, Luitenant?"

"Goed gedink, Vlismas. Ek hoop jy's reg."

Toe hoor ons bene kraak. By die Mog. Die hond. Dank Vader – nou sal hulle seker nie meer kom nie.

Maar hulle het. Nog twee maal, die tweede maal net voor eerstelig. Ek was half kêns van vaak en moegheid en het hulle nie eers gesien nie.

Vlismas het opgevlieg en hulle gestorm – hulle het dié keer nie juis geskrik nie. Gewoond geraak aan dié gestormery sonder tande, want dit het gelyk of hulle wonder of hulle twee nie dié een ou kan regsien nie. Toe tel ek myself op en kom dronkerig ou Vlismas tot hulp.

Toe retireer hulle bos toe – waar een gaan sit het om te begin tjank. Iets vreesliks. En tog. Die wrede natuur. Oertyd. Skielik het ons deel geword van sý wêreld, waar hy die skoonmaker, die askar van die natuur is. En dié goete wat hom wegjaag – wat gaan húlle doen aan dié probleem as hulle hóm nie toelaat nie?

Ek het nie geweet nie. Dit het stadig ligdag geword en ek het nie geweet nie. Wag vir die chopper? Watse chopper? Sorry ou Etienne. Jou chopper bestaan nie meer nie. Dis weg. Soos gister en eergister weg is. Ander plan maak.

Met eerstelig het ons geroer.

Dit was senutergend om daar by die bykans opgevrete hond verby in die Mog se oorblyfsels te gaan soek na 'n graaf. Geen bosse het ooit so onheilspellend en gevaarlik gelyk soos dié rivierkant toe nie. Al het Vlismas my gedek. Daardie loopgrawe – kon dit nie sien nie, maar hulle was dáár, tussen die bosse, perfek versteek. En as die Swapo's teruggekeer het deur die nag? En vir ons lê en kyk?

Ek het die stukkende graaf gekry en rugkromtrek teruggekruip tot by Vlismas en terug na ons skuilplek.

Ons het om die beurt gegrawe en toe vir Etienne en ou Vissie so sagkens moontlik ingerol in die gat.

"Kom julle weer haal, kêrels. Promise. Dis net om daai hiënas ... ons kom julle weer haal. Belowe."

Toe die son begin hitte trek, is ons ook daar weg. Al op die ander se spore langs. Omkyk. Omkyk. Maar ook so moeg dat dit nie meer baie saak gemaak het nie.

Ons het nie gepraat nie. Nie gesê ons is moeg nie. Wat help dit? Jy foeter voort. Daar's nog 70 kilometer voor, 65, 60 ... 50?

Ons het voortgestrompel – al op die ander manne se spore langs ...

Die son was alweer laag bo die horison en ons eie skaduwees lank en swart en dynserig voor ons toe ons die dreuning hoor.

Ons het albei dit gehoor en niks gesê nie. Net al stadiger gestap, en stadiger, tot ons gestop het. Net daar, in die middel van die sandpad. Gewere hangende in ons hande het ons gestaan en kyk tot die groot staalspook om die draai voor ons gery kom. En nog een. En nog een.

Die monsters het stadiger gedreun en nog stadiger. Toe stop die voorste een. 'n Paar tree voor ons. Ou Vlismas het nog so gestaan toe sak hy op sy knieë en val vooroor in die sand. Stadig. Op sy gesig.

Ek het ook nie veel meer gehoor, of gesien of gevoel nie. Net die groot gesuis om my, toe's iemand daar, vat my arm en lei my langs die Spook verby ...

Kannie teruggaan nie. Nog nie.

"Eers vir Etienne gaan haal. En ou Vissie ... blief boys. Ons het belowe ..."

Ek het aan die slaap geraak – so vasgedruk tussen die manne, toe ek weet hulle draai nie om nie ...

Die hinderlaag

Die dreun van die vragmotorenjin het in die verte hoorbaar geword. Hulle was op pad.

Vier vragmotors volgelaai met troepe. En skaars eenhonderd meter voor ons, waar die pad deur 'n driffie gaan en die vragmotors sou moes stadiger ry, het die hinderlaag vir hulle gewag.

Versigtig versteek en versprei in die struike en riet aan weerskante van die laaste vyftig meter van die pad, het die dertig manne gelê en wag.

R1's en masjiengewere gereed en oorgehaal en nie twee wapens het dieselfde skootsveld gehad nie. Elkeen sou sy eie gebied dek om die maksimum skade aan die vasgekeerde vragmotors en hul vragte soldate aan te rig. Alles was haarfyn beplan.

Sodra die voorste vragmotor daar voor oor die rotsbank die water binnegaan, sal hy die landmyn aftrap. Onmiddellik sal minstens twee masjiengewere en 'n ses, sewe R1's op hom lostrek. Daar sal min oorlewendes wees.

Die tweede vragmotor, so 'n tagtig tree agter die eerste een, sal ook onmiddellik onder handgranate en masjiengeweervuur kom.

Slegs die agterste twee vragmotors het 'n kans om te ontsnap, dog die paadjie is nou en dit gaan kosbare minute neem om om te draai. Hewige verliese kan ook daar verwag word.

Dit was beslis 'n goeie hinderlaagposisie. Slim gekies na ure se beplanning en die oorweging van alternatiewe posisies.

Vir die plasing van hul lokval sou die 'vyand' reeds goeie punte verdien.

Nou, of oor so 'n paar minute, sal ons sien hoe glad die hinderlaag self verloop. Moontlik kry die troepe in die vragmotors dit reg om die baie moeilike situasie waarin hulle hul gaan bevind, tog te beredder deur goeie teenmaatreëls en gaan hulle self goeie punte verdien.

Ons vier offisiere was die 'skeidsregters'. Evalueerders. Beide 'vyand' en ons 'eie troepe' het aan dieselfde infanterie-eenheid behoort, en elke skoot wat vandag geskiet word, is loskruit. Die sogenaamde 'landmyn' sal 'n onskadelike donderbuis wees – so ook al die 'handgranate' wat nou-nou op groot skaal gegooi gaan word.

Afgesien van die naderende vragmotors was alles heerlik rustig. Voëltjies het nessies gebou in die riete en die stroompie het blink gekabbel oor die klipplaat van die drif. Darem jammer om hierdie idilliese natuurtoneel te kom omkrap met ons maneuvers.

Toe die eerste swaargelaaide vragmotor links van ons stadig om die draai kom en begin afsak na die driffie, gebeur een van daardie dinge wat Von Klausewitz laat sê het, tweehonderd jaar gelede al, dat daar op min terreine van die lewe soveel toegelaat moet word vir daardie onverwagte, onvoorsiene gebeurlikheid wat al jou planne kom deurmekaarjaag, as in oorlogvoering.

Von Klausewitz was reg. Hy't geweet waarvan hy praat. Alles was perfek beplan.

Maar niemand het voorsiening gemaak vir die moontlikheid van nog verkeer nie – nie op hierdie verlate plaaspad nie!

Vrolik fluitend het die swartman op sy dikwielfiets deur die stroompie gery gekom – asof beplan. Met perfekte tydsberekening.

Ons het vir mekaar gekyk. Wat nou gedoen? Die hinderlaag afgelas? Na al die gesukkel en beplanning? Dit sal 'n dag neem om alles weer so mooi beplan te kry op 'n ander plek.

Ons het weer gekyk. Daar was geen twyfel nie. Ons onwelkome gas sou presies tussen die twee voorste vragmotors wees as die hinderlaag se jong oorloggie om sy niksvermoedende kop losbars.

Wat nou gedaan? Wat ons ook al besluit, sal gou gedoen moet word, binne twintig sekondes.

Beslissings, beslissings.

Ons het besluit – sonder om iets te sê. Die besluit het eintlik sommer homself loop staan en verkies.

Ons sou niks doen nie. Moontlik het die potensiële humor van die situasie ook iets met die beslissing te doene gehad, maar daar was niks afgespreek nie. Ons het vir mekaar gekyk en stadig teruggesak agter ons skuiling in, elkeen met sy effens skuldige gewete, maar ook tot barstens nuuskierig om te sien wat gaan gebeur.

Toe die swartman stadig by die voorste trok begin verbygaan, lig hy vriendelik sy hoed en groet luid en gemoedelik.

"Môre, my basies! Môre, my basies!"

En van die bakvol troepe se kant kom dit ewe vriendelik terug: "Môre, ou grote! Môre!"

Breed glimlaggend met sy wit tande wat sy gesig onder sy neus halveer, nader hy die volgende trok...

Die voorste trok is vyf tree van die water af...

Reg onder ons word die hoed weer eerbiedig gelig en blom die gees van vriendskap en welwillendheid...

"Môre, my basies! Môre..."

Dis toe dat die voorste vragmotor die water binnery en die 'landmyn' afgaan en die vragmotor in 'n misreën water verdwyn.

Masjiengewere, outomatiese gewere en 'handgranate' trek los met 'n oorverdowende gedreun.

Dié wat so 'n oorloggie al deurleef het, sal weet hoe dit klink.

Toe ons later bymekaarkom en die insident rekonstrueer,

was ons almal oor minstens een feit seker: die ou swartman het nie van sy fiets afgeklim nie.

Hy was een oomblik nog so aan die ry met sy een hand op die handvatsel en die ander met die hoed hoog bo sy kop gelig, toe die geweld losbars. En net so het hy uit daardie fietsryende posisie die lug ingestyg. Toe hy grondvat, was hy alreeds aan die hardloop.

Sy glimlag was nog net so op sy gesig, moontlik getemper met 'n tikkie 'Ek glo dit nie' – waarvoor niemand hom kon blameer nie – en sy hoed was nog altyd in die regterhand hoog bo sy kop. Hy was al tien tree weg voor sy fiets grond geraak het.

Wat daardie eerste tien sekondes deur sy kop moes gegaan het, laat mens amper skaam word. Sy vertroue in die mensdom en in die witman moes kwaai onder druk verkeer het.

Hy't egter met 'n verstommende spoed weggespring – eintlik was hy al op volle vaart toe hy grondvat. Sy rug kromgetrek in afwagting vir al daai koeëls het hy geïnspireerd gehardloop.

Reg op ons af. Dis hoe ons weet sy glimlag het op sy gesig verstar en sy hoed het hoog in die lug in sy regterhand bly vassteek.

Om die oorlog te laat plaasvind ten spyte van die teenwoordigheid van die ongenooide gas was een ding, maar om die gas te laat huis toe gaan sonder om minstens te probeer verduidelik wat nou eintlik gebeur het, sou slegte maniere van die ergste graad wees.

Twee van ons het uitgespring om hom voor te keer. Sy glimlag het ons gebluf.

Hy sou hom nie vir 'n tweede keer in een oggend deur dié ge-uniformde mense met 'n slap riem laat vang nie. Aikôna. Met 'n pragtige pypkan na links het hy regs geswenk, skielik van sy hoed onthou, dié styf op sy kop geplant en tóé moes jy hom sien oopmaak.

Vyftig tree verder het ons hom eers ingehaal en voorgekeer.

As dit nie was dat hy nie meer 'n jong man was nie, het ons hom seker nooit gevang nie.

Ons breed glimlaggende gesigte moes hom gerusgestel het, maar dit was 'n hele rukkie voor sy gevriesde glimlag stadig begin ontspan het.

"Baie jammer. Regtig baie jammer. Maar ons skiet nie na jou nie. Ons oefen net, op mekaar! Hoor daar! Hulle skiet nog altyd!"

Ons het gehoop hy't 'n sin vir humor. Maar dan weer, " 'n Man se waardigheid is 'n man se waardigheid ...". Hy't ons storie nie geglo nie.

"Nou, hoekom julle skiet mekaar? Es mos lelike goete om so te maak?" Hy was opreg geskok en verontwaardig.

"Nee sien, dis nie regte koeëls nie. Hy raas net soos die regte een. Hy maak nie seer nie."

Met kop skuins gedraai het hy ons ondersoekend deurgekyk. Toe't hy stadig begin glimlag. Al hoe breër.

"Nou allie tyd, sos ek hardloop, ek wonder. Johannes! Hoekom jy's nog nie dood nie? Voreers ek dog, meskien ek hardloop te vennag vor daai goete, maar toe ek dênk, haikona, es daardie Boere. Galokkag vir Meraai en die kenners hulle skiet baing sleg vandag!"

Die tiffies

En dan was daar die twee tiffies wat die stukkende voertuig op Ruacana gaan haal het...

Nee, daar was drie, maar die derde een het nie veel met die storie uit te waaie nie, want hy't gelê en slaap, sien. Maar dis seker beter om die storie van voor af te begin.

Die tiffies is die Leër se werktuigkundiges.

Soos dit maar met werktuigkundiges gaan, is hulle geneig om in oorpakke gesien te word waarvan oliekolle al 'n integrale deel geword het. Maar nuttige mense. Baie nuttig, want sien, dis nie net voertuie wat deur hulle reggemaak word nie. Stel jou voor as jou Ratel, of kanon, halfpad deur 'n geveg breek! Wat maak jy?

Jy laat kom die tiffies.

Soos die manne by Ruacana. Destyds net ná Operasie Savannah toe ons so amper vir Savimbi koning gemaak het in Angola. Darem jammer...

Maar toe breek dié Land-Rover, en drie tiffies, Hennerik, Simon en Jans, word gestuur om die stukkende een te gaan haak en terug te sleep na Oshakati. Die drie het die stukkende voertuig gehaak en die lang, vervelige stofpad terug aangedurf.

Vir die helfte van die roete terug volg die pad die grensdraad tussen Suidwes en Angola. Net so 'n paar kilometer suid van die grens. Dis ideale tref-en-trap-wêreld vir Swapo. Die veiligheid van die grens slegs so 'n halfuur se vinnige draf noord van waar hulle lê en kyk wat hul landmyn of koeëls verrig met wie ook al eerste verbykom – 'n bakkie vol vrouens en kinders, of die posbus.

Alles was nog relatief rustig toe ons drie manne dié middag vooraan hul stofstreep die basis by Umbalanthu, met sy massiewe kremetartbome, verbysteek. Bo in die takke van die grootste boom – waar vroeër jare 'n poskantoor in sy hol stam ingebou was – was 'n observasiepos. Die troepe het gewaai vir die tiffies doer onder op die warm, wit pad. Liewers hulle as ons, het hulle seker gedink, koel tussen die kremetartblare.

So 'n klompie kilometer verder begin 'n mopaniebos, en dis net hier waar ons drie tiffies hul oomblik van waarheid sou beleef.

Hennerik het bestuur, Jans het langs hom gesit en agterin, uitgestrek en vas aan die slaap, het Simon gelê.

Die eerste teken van onraad wat ons tiffies agtergekom het, was toe die agterruit aan skerwe spat, te midde van 'n veraf dowwe geklap van klappers, of iets.

Soos dit maar gaan as dié tipe ding die dag met jóú gebeur, en jy nie besig is om 'n boek te lees of film te kyk nie, neem dit 'n paar sekondes om te besef dat dit skielik jóú beurt is. Geen omdraai- of wegkomkans nie. Dis jóú groot oomblik, en wat gaan jy daarmee doen?

Tyd het jy ook nie, want net toe spat hul voorruit aan skerwe en sing twee, drie koeëls om hulle.

Albei het gelyk besef wat aangaan.

"Hinderlaag!" Jans se stem was skril terwyl hy gryp na sy R1.

Dit was die werk van 'n oomblik vir hom om sy R1 se stelknip op 'A' vir automaties (of 'Afrikaans', soos sommige manne beweer!) te plaas en sy loop deur die venster te druk. Want 'n tiffie is eerstens ook opgelei as 'n infanteris. Hy kan net so lelik baklei met sy R1 as met sy stel moere en sleutels.

Opleiding, instink, skrik – noem dit wat jy wil, dis seker 'n kombinasie van alles, maar dit is opleiding wat dan die kroon span. Optree sál jy. Jy't nie 'n keuse nie.

As opregte tiffie het Hennerik se toorn totaal handuit geruk. Kyk hoe skiet hulle sy gharrie! Sy nuwe gharrie! Vol gate! Dit het hom twee sekondes geneem om af te lei van waar die koeëls kom.

"Biedêm! Vashou! Wie dink hulle...!!!"

Wat die bykans dertig Swapo's in hul hinderlaagposisies die volgende paar sekondes daardie dag moes gedink het, sal niemand seker ooit weet nie.

Pleks van omslaan, doodgaan, wegjaag, of wat 'n redelike, normale mens ook al veronderstel is om te doen as jy in 'n hinderlaag kom, het dié manne in die twee Land-Rovers blykbaar nog nooit daarvan gehoor nie.

Vooraan sy stofstreep het die twee Land-Rovers skielik van die pad af geswaai en op volle vaart reg op die Swapo's afgejaag gekom. Die agterste voertuig, stewig gekoppel, soos 'n neet saam met sy voorganger. En om sake te vererger, het koeëls om hulle gesing en geklap soos daar uit die kant van die voertuig teruggeskiet word. Jans was besig.

Die hinderlaag het skielik opgehou bestaan. Die dertig man het hul tekkies uitgepak en laat spaander.

"Those who fight and run away, will live to fight another day."

Nêrens in hul opleiding het iemand ooit gesê jy veg soos dié mal goed nie.

In 'n stofwolk het die Land-Rovers bokspringend tussen hulle deurgejaag, 'n wye draai gemaak en weer teruggestorm deur sy eie stofskerm. Swart skadu's het haastig tussen die bome verdwyn, aangehelp deur koeëls wat in lang sarsies deur die bome gesing het soos swerms kwaai bye.

Dit het al Hennerik se bestuursvermoë gekos om die mopaniebome te mis, maar met die tweede voertuig wild swaaiend agterna het hulle die pad herwin en voet in die hoek in 'n stofwolk die wit pad af verdwyn.

Dit was glo op hierdie oomblik dat 'n half-deur-die-slaap, gekneusde en verwilderde Simon dit uiteindelik regkry om homself van die vloer agter in die voertuig op te tel. Hy was moeilik, bitter moeilik.

"Wille wragtag! Wat ry jy soos 'n ... Hei! Waar's die voorruit? ... Hè? Hè?"

Hy't teruggesit op die sitplek, stadig.

"O hêl, boys – Is-ons-in-die-moeilikheid! ... die agterruit ook! Wie? Wat? Hè!? Hoe gaan ons please explain? Hè? Hè?!"

Sy twee kollegas se gelag het bly hang in die stof.

Twee vlieë...

Johan Adriaan Becker, luitenant Johan Adriaan Becker, was 'n intelligente jong offisier met eindelose ambisie en baie beperkte mensekennis.

Op sy rype ouderdom van 24 jaar was hy geheel en al oortuig dat hy Hoof van die Lugmag gaan word en dat sý grootste probleem was hoe om die klomp offisiere tussen hom en dié pos te oortuig dat hulle opsy moet staan om hom sy regmatige posisie te laat inneem.

Sy grenslose selfvertroue was dus 'n pyn vir sy mede-offisiere. Sy uitdrukking van geduldige simpatie wanneer hy gepraat het met dié wat hy as sy 'minderes' beskou het – en dit het bykans almal op die basis ingesluit – het hom veral onbemind gemaak. Hy't homself egter oortuig dat hy as offisier sterk moes wees. Hy moes leer verdra en uithou. Êrens het hy gelees dat begaafde mense, soos hy, baie meer geduld moet beoefen as gewone mense, en dat hulle wat as uitverkorenes in hierdie onvolmaakte wêreld verkeer, eenvoudig hulle kruis moes leer dra deur klaar te kom met 'gewone' mense. Ongelukkig is daar geen alternatief nie. Dis maar die lot van superbegaafdes.

Daar was dae dat hy homself amper bejammer het, maar dan weer, dit sou net tydelik wees. Dít was dan ook sy bevelvoerder se vurige hartewens.

Afgesien van lt. Becker het 'n tweede probleem hierdie bevelvoerder so half skielik bekruip uit 'n oord van waar hy dit nie verwag het nie.

"Mevrou Fleischman wil u sien, Majoor."

Hy't gefrons. Sêra Fleischman? Nou op deeske aarde, hoekom sy?

"Is jy seker, Johan?"

Lt. Becker het hom gestaal en met moeite gekeer dat hy nie sy oë opslaan plafon toe nie. Hy het mos gesê dis mev. Fleischman ... Geduld, o geduld!

Met 'n moeë uitdrukking het hy herhaal:

"Ek is seker, Majoor. Mevrou Fleischman wil u spreek. Dringend."

Vlugsersant Fleischman se vrou. Fris boeretannie. Nie te veel te sê vir haarself nie, maar kan glo heel kwaai wees as sy veronreg voel.

Hy weet nie of hy al meer as 'n dosyn sinne met haar gewissel het nie. Sy praat nie juis by hul sosiale geleenthede nie.

Regte sout-van-die-aarde-steunpilaar-vir-haar-gesin-tipe huisvrou en ma.

Hy het nou wel stories gehoor die laaste ruk, dat dié tannie haar man omkrap deesdae. Glo moeilikrig geword. Ook dat Vlug Fleischman nie meer die gemoedelike man is wat hy altyd was nie. Hy self het egter niks agtergekom nie.

Vlug Fleischman was een van sy staatmaker-onderoffisiere. As Vlug Fleischman 'n Allouette onder hande gehad het, kon jy maar inklim en vlieg.

Hy't baie meer ure as wat nodig was by sy geliefde choppers deurgebring. Allo's was sy groot belangstelling, stokperdjie, eerste liefde. Miskien is dit waar sy probleem begin het? As hy probleme het, bygesê.

Die majoor was bly dat hy nie met dié formidabele tante getroud was nie.

"Nou maar vra haar om binne te kom, Luitenant. Moenie net daar staan nie!"

Die majoor het sy luitenant geken en kon homself nie weerhou om die laaste aanmaninkie by te voeg nie.

Die verbaasde, veronregte uitdrukking wat op sy meerderwaardige adjudant se gesig verskyn het, was genoegsame beloning.

Die dag, het die majoor vir homself gesê, het mooi begin.

Dit was 'n fout.

Mev. Fleischman het haar goeie rok aangehad. Haar handsak het sy met altwee hande vasgehou.

"Sit, Mevrou. Waarmee kan ek help?"

Sy het voor op die stoel gesit en om haar gekyk. Versigtig. Ook agtertoe. Seker gemaak dat die deur toe is. Toe sy oortuig is dat daar niemand anders in die kantoor is nie, het sy vorentoe geleun.

"Dis Fleisch, Majoor." Haar stem was sag. Haar hele houding dié van iemand wat op die punt is om 'n groot, groot geheim te deel.

"Fleisch? Mevrou?"

"Fleisch, Majoor."

"Ee ... ja. Ek sien. Nou, wat is die probleem?"

"Dis sy oorgangsjare, Majoor."

"Ô! Ek sien! Sy ... oorgangsjare?"

"Sy oorgangsjare."

Sy was baie beslis en het teruggesit. Nou verstaan die majoor alles en kan hy haar help in haar groot verknorsing.

"Nou, wat van sy oorgangsjare, Mevrou?"

"Maar Majoor! Verstaan u nie?"

"E ... nee, Mevrou. Moet ek?"

"Maar natuurlik moet u! U is seker al daardeur? U verstaan mos?"

Snert! Nonsens! Ek daardeur! Vlug Fleischman is maklik vyftien jaar ouer as ek!

"Nee, Mevrou. Ek is jammer. Ek verstaan glad nie."

Sy het hom verbaas aangekyk.

"Dis sy ... koerasie, Majoor!"

"O! Ek sien! Die ... sy wat? Koerasie? Nou, hoe, wat op aarde ... !?"

Hy was geheel uit die veld geslaan. Koerasie?

"U verstaan nog nie, Majoor?"

Die tante was so half moeilik. Dié majoor is darem stadig van begrip. Sou dit nooit kon sê nie. Hy lyk altyd so slim...

"Die seks, Majoor. Te veel koerasie. Ver te veel koerasie en dan kry ons vrouens bitter swaar. Verstaan u nou?"

Al wat hy duidelik verstaan het, was dat hy in diep waters beland het. Die seksprobleem van Vlug en tante Fleischman is beslis nie probleme waarmee hy vanoggend opgeskeep wil sit nie. En dan hinder iets hom van dié tante.

Waar's die konserwatiewe mens wat hy dog hy ken? Vanwaar dié met die deur in die huis val oor hul intieme probleme? Wat het oor haar lewer geloop?

"Nou ja – Mevrou. Ek weet nie so mooi nie. Dis nou nie eintlik my probleem nie. Wat dink u kan ek..."

"Met hom praat, Majoor. Hom vasvat. Weet u wat doen hy alles? U sal moet weet om met hom te kan praat!"

Sy't vorentoe geskuif – weer om haar gekyk. Hulle was alleen.

"Laat ek u vertel." Sy't diep asem gehaal.

Hy't probeer keer.

"Liewers nie, Mevrou! Liewers nie! Dis nie my..."

"Hy gaan omtrent nie meer werk toe nie. Bly by die huis. Verpes my heeldag lank. Net gisteraand het hy my daar in die kombuis vasgekeer. Die kinders was uit..."

"Mevrou!"

"En toe sê hy..."

"Mevrou! Ek stel nie belang nie! Ek wil nie weet nie!"

"Soos ek gesê het, toe sê hy..."

Hy was vasgekeer. Dit het hom tien sekondes gevat om by die deur te kom en dit oop te pluk. Sy ore het heelpad getuit.

Lt. Becker het verbaas opgekyk van sy lessenaar. Die majoor het omgevlieg. Hy kon dit selfs nie aan Becker doen nie. Tante Fleischman was nie eens bewus dat hy nie meer agter sy lessenaar was nie. Sy was ver weg met haar storie en het voortgestoom.

Wat sy besig was om te vertel was van so 'n aard dat hy die deur weer haastig toegooi. Lt. Becker moet dink wat hy lus het.

Hy't hom teruggehaas na waar mev. Fleischman voortborduur aan haar storie en met sy leë stoel gesels asof hy nog daar sit. Iets moes hy doen. Vinnig en drasties. Hy't langs haar gaan staan en sy hand hard op die tafel geslaan.

Sy't opgehou praat en verbaas opgekyk. Hom raakgesien.

"Soos ek sê, Majoor..."

"Mevrou! Ek weier om verder te luister! U probleem moet met 'n opgeleide persoon bespreek word. *Nie met my nie!*"

Hy was so beslis en sy stemtoon so dreigend dat sy hom verbaas aanstaar. Toe bars sy in trane uit.

"Niemand wil na my luister nie! Niemand wil met my praat nie."

Hy't haar sy sakdoek aangegee.

"Ek dink u moet nou huis toe gaan, Mevrou. Ek sal dink oor u probleem en u laat weet wat ek besluit het."

Sy het vinnig herstel. Haar samesweringsuitdrukking binne sekondes herwin.

"O dankie, Majoor. Maar u moet eenvoudig weet wat hy vanoggend nog..."

Hy het haar ferm aan die arm geneem en uit haar stoel opgehelp.

"Ek – kan – nie – help – nie – Mevrou. Gaan nou huis toe. Ek sal kyk wat ek kan doen."

Sy't haar deur toe laat help.

Lt. Becker het weer verbaas opgekyk toe sy majoor vir mev. Fleischman aan die arm deur sy kantoor help tot by die buitedeur.

Sy wou nog iets sê, maar hy het die gesprek met 'n ferme 'Tot siens, Mevrou' beëindig en hom teruggehaas na sy eie kantoor.

Lt. Becker het hom gevolg. Hy't sy 'die wêreld het my nodig' gesigsuitdrukking opgehad.

"Iets waarmee ek kan help, Majoor?"

"Beslis nie, Luitenant. Jy is nog ver te jonk en nat agter die ore om te verstaan."

Hy't sy telefoon nadergeskraap en sy samajoor se nommer begin skakel. Na 'n paar lang lang sekondes het hy sy deur stadig hoor toegaan. Die gepynigde, veronregte gesig van sy adjudant het hy nie gesien nie. Dit was nie nodig nie. Hy't presies geweet hoe dit lyk en die beeld het hom beter laat voel.

Vyf minute later was sy samajoor in sy kantoor.

"Samajoor. Dis 'n netelige storie dié. Baie vertroulik. Jy verstaan?"

"Skiet maar, Majoor."

"Vlug Fleischman. Alles in orde met hom deesdae? Verbeel ek my of is alles nie pluis nie?"

"Pluis? Beslis nie, Majoor. Hy't probleme tuis. Die afgelope paar maande al, maar nou raak dit stadigaan al hoe erger. Dit lyk my hy gaan net huis toe om te gaan slaap. Hy vind omtrent enige ekskuus om daar in die loods oortyd te werk. Of hy bly tot heel laaste in die kroeg – en drink nie eens nie!

"Dis die afgelope veertien dae baie erger, Majoor. My vrou sê my sy't gaan inloer daar nou die dag, maar dit het haar twee dae geneem voor sy besluit het om my te vertel wat tannie Fleischman vir haar alles vertel het van haar man. Ek kan dit nie glo nie!"

Die majoor het begin verstaan. Hy't sy kop stadig begin knik. Die samajoor het voortgegaan.

"Sy't hulp nodig, Majoor. Die manne met die wit jasse en dik brille. En ons moenie te lank wag nie."

"Jy's reg, Samajoor. Baie dankie. Ek sal reël dat sy teruggaan States toe en met die regte mense daar gaan praat. Sal die Vlug saamwerk dink jy?"

"Saamwerk? Beslis. Ek's jammer ons het nie vroeër al gepraat nie, Majoor."

Dit was met die reëlings vir Vlug en mev. Fleischman om op die volgende geskeduleerde vlug te kom dat lt. Becker sy voorstel gemaak het. Hy was toe reeds op die hoogte van sake, hoewel hy nie presies geweet het wat die tante se obsessie was nie.

"Alles is gereël, Majoor. Hulle is op Donderdag se flossie. Hulle word op Waterkloof ontmoet."

"Goed. Dankie, Johan."

"Majoor." Hy't opgekyk. "Mag ek iets vra, Majoor?"

"Skiet."

"Ek kan nie verstaan hoekom die Fleischmans hoef terug te gaan States toe nie, Majoor. Is dit nie bietjie drasties nie? Ek bedoel ..." vervolg hy vinnig toe hy die majoor se wenkbroue sien saamtrek "... ek bedoel, het hulle nie net 'n bietjie sielkundige leiding nodig nie?"

Die ontsaglike selfvertroue en vermetelheid van sy adjudant het hom weer amper spraakloos gehad.

"Sielkunde? Wat weet jy van sielkunde? En wie hier dink jy het die kennis om 'n versteurde vrou in haar laat vyftigerjare sielkundig te help? Hè?"

Lt. Becker het sy vriendelik verdraagsame gesig opgesit.

"Ek het Sielkunde III, Majoor."

"Jy het ...!! Jý het ... Sielkunde III het jy? Jou beterwetende, domonnosel..."

Hy het homself met moeite bedwing.

"Jy, luitenant Becker, gaan nog eendag agterkom waaroor die lewe gaan."

"Ek glo ek beskik tans reeds oor die nodige kennis..."

"En ék glo nie ek besit die nodige geduld en takt om nog één sekonde na jou te luister sonder om jou leed aan te doen nie! Verwyder jouself!"

Lt. Becker het homself verwyder terwyl hy nadink oor al die onnodige werk en moeite wat veroorsaak word deur mense sonder die nodige kennis en insig.

Heelpad terug States toe en dit terwyl hy in die basis is en sy dienste aangebied het ... Hy was seergemaak.

Die bom het dieselfde middag nog gebars.

Toe die majoor terugkom ná ete, wag lt. Becker hom voor sy kantoordeur in.

"Majoor! E ... e ... voor u ingaan, moet ek verduidelik. Mevrou Fleischman het weer hier opgedaag. Sy wil weer haar probleem met u bespreek. Ek het toe goedgedink om haar te vra om solank in u kantoor te sit aangesien u uit was."

"Jy't gewat! Sy's wáár!"

Lt. Becker het homself gedwing om kalm te bly.

"In u kantoor, Majoor. En as ek mag, wil ek net noem dat dit vir my voorkom dat sy slegs ly aan 'n ligte vorm van die sogenaamde verwerpingsindroom. Sy glo net dat niemand vir haar omgee nie. Ek is oortuig dat ek haar behulpsaam kan wees ..."

Dis waar die lig opgegaan het vir die majoor.

Twee vlieë met een klap.

As lt. Becker se mensekennis presies twee millimeter verder gestrek het as wat wel die geval was, sou hy onraad gemerk het.

Dit het nie en hy het nie.

"Luitenant!"

"Ja, Majoor?"

"As mens hulp kan verleen in die lewe, dan het jy 'n plig, nie waar nie?"

"Korrek, Majoor."

"Jy kan haar help?"

"Beslis, Majoor."

"Gaan help haar, Luitenant."

Hy kon sy ore nie glo nie.

"Majoor?"

"Gaan help haar. Jou plig, Luitenant."

Hy was verbaas, maar nie té verbaas nie. Dit het die majoor

nou wel langer as wat nodig was geneem om sy onbetwiste talente te ontdek, maar nou ja, liewer laat as nooit.

Die majoor het hom vergesel tot by die deur. Dit selfs vir hom oopgemaak en baie vriendelik geglimlag.

Hy't nie eens gewonder hoekom die majoor die deur agter hom sluit nie.

Hy't gaan sit, oorkant die tannie.

"Liewe mevrou Fleischman. Wat kan ek vir u doen?"

Sy't hom begin vertel. Van voor af. In besonderhede.

Ná dertig sekondes het hy probeer keer. Probeer walgooi. Selfs probeer uitkom, maar sy het hom gevolg, soos 'n skoothondjie, en haar probleme op hom uitgestort.

Hy't geroep na die majoor aan die ander kant van die deur, maar geen antwoord gekry nie.

Hy't sy ore probeer toedruk, maar dit het nie gehelp nie – sy't net harder gepraat.

Met groot waardering het sy hom in haar volle vroulike vertroue geneem.

In een kort halfuur het lt. Becker meer van die sielkunde, die vrou en gewone mensekennis geleer as in sy drie jaar op universiteit en twee jaar in die Lugmag. In een halfuur het hy 'n nederige mens geword.

En so het die majoor sy twee probleme as 't ware met een klap opgelos. Toe die flossie 'n uur later die bloutes in verdwyn met Vlug en tante Fleischman, het lt Becker nog asvaal agter sy lessenaar gesit en bewe.

Die dag, het die majoor vir homself gesê, het mooi geëindig.

As Mammie moeilik word

Dit was so teen halftwaalf die aand toe die telefoon lui.

Die Opskamer was stil. Die daaglikse Situasierapporte was reeds opgestel en afgestuur. Die gevegskaarte was reeds gemerk met al die dag se aktiwiteite en ons, ek en die nagskofsersant, was aan koffiemaak.

Met 'n bietjie geluk sal ons die nag deurkom sonder 'n krisis. Vir driehonderd kilometer na die weste en driehonderd kilometer na die ooste was tientalle patrollies besig met hul taak. Sommige het in hinderlae gelê en wag vir die vyand. Ander was in tydelike basisse – rustend en tog gereed. Altyd waaksaam.

En dan was daar die vyand. Wie weet waar. Ook hulle was miskien besig om reg te maak om 'n eenheid aan te val iewers, 'n landmyn te plant of 'n armsalige hoofman en sy familie te vermoor.

Kanse vir 'n vreedsame nag was egter nie te sleg nie – dit was minstens donkermaan, en dan is dit gewoonlik stiller.

Toe lui die foon.

Ek het geantwoord. Dit was Hoofkwartier. Die majoor daardie kant wou weet of ons 'n sekere sersant Fouché êrens in ons area het. Hy's 'n chef by die een of ander basis. Ek het beloof om by Personeel uit te vind en terug te skakel. Die personeel-offisier het al geslaap, maar hy is wakker gemaak en het mompel-mompel gaan seker maak. Ja. Sersant Fouché is by 'n Port Elizabeth-eenheid gestasioneer by basis X.

Ek het die majoor geskakel en bevestig dat sy man wel bestaan.

Die majoor het reeds 'n verdere vraag vir ons gereed gehad. "Weet julle manne of hy gesond is? Of hy siek is?"

Nee, ons het nie geweet nie. Tot 'n paar minute gelede nie eens van sy bestaan geweet nie. Wil hy hê ons moet uitvind? Hy't gesê hou aan, hy hoor gou. Ná 'n paar minute was hy terug.

Die Generaal vra dat ons uitvind hoe dit gaan met Fouché. Of hy gesond is. Ek het beloof om my bes te doen en terug te skakel. Hierdie chef se welstand het interessante afmetings begin aanneem.

Ek het voor die radio gaan sit en basis X op die lug gekry. Hulle was so 'n vyftig kilometer reg noord in die bos. Indien die radio-operateur aan die ander kant verbaas was oor Hoofkwartier se navraag om twaalfuur in die nag, het hy dit nie laat blyk nie. Hy het beloof om uit te vind en terug te rapporteer.

Dit het nie lank geneem nie. Sersant Fouché lê en slaap in sy tent en sover hulle weet makeer hy niks.

Ek het dankie gesê en die majoor by Hoofkwartier gekontak. Honderde kilometer suid van ons.

"Sersant Fouché lê en slaap en sover hulle daar in die seintent weet, makeer hy niks."

"Goed, dankie," het die majoor geantwoord. Ek het nie gevra wat ek gebrand het om te vra nie.

Dit was seker twintig minute later, amper halfeen die môre, toe die foon weer lui. Dieselfde majoor was aan die ander kant.

Jammer om te pla, maar ons moet asseblief bevestig dat sersant Fouché gesond is.

Maar ons het mos bevestig?

Nee, hy's bevrees dis nie goed genoeg nie. Ons moet honderd persent seker maak. Iemand moet die sersant gaan wakker maak en hy moet persoonlik oor die radio met ons praat en bevestig dat hy wel is.

'n Kwartier later het 'n slaperige en baie verwarde sersant Fouché vir my oor die radio verseker hy het geen klagtes nie. Net vaak. Ek kon hom nie sê waar die versoek vandaan kom nie, maar het hom 'n verder ongesteurde nagrus toegewens.

Ek het die majoor geskakel en hom verwittig. Hierdie keer móés ek net eenvoudig vra: "Majoor, dink u u kan net vir ons sê wat aangaan, asseblief? Ek bedoel..."

"Man ja," het hy geantwoord, "dis 'n lang storie. Wat gebeur het, was dat sy vrou, terug in Port Elizabeth, die hoofkwartier van haar man se eenheid geskakel het met die bewering dat haar man seergekry het op die grens, moontlik selfs gewond is, en sy wil dringend weet wat aangaan en hoekom sê die Leër nie vir haar dat haar man seergekry het nie? Nee, sy sal nie sê waar sy die storie gehoor het nie, maar sy weet dit is so."

Haar eenheid het toe Verdedigingshoofkwartier in Pretoria geskakel om namens hulle uit te vind wat aangaan.

Net moontlik het 'n riemtelegram haar bereik voor die regte een sy eenheid bereik het. Baie onwaarskynlik, maar nie onmoontlik nie.

Ops, Pretoria, het Hoofkwartier Suidwes-Afrika geskakel. Dié het Ops Oshakati geskakel waar ek op die radio geklim en met sersant Fouché se eenheid gepraat het. Hulle het soos ek weet, bevestig hy lê en slaap.

Hierdie boodskap is toe langs dieselfde lang pad 'n 2500 kilometer ver oorgedra na haar man se eenheid in Port Elizabeth wat dit weer aan haar oorgedra het. Dit het sowat 25 minute geneem. Die gesprek het min of meer so plaasgevind:

"Ons het bevestig dat u man niks makeer nie, mevrou Fouché. Hy lê en slaap."

"Wie sê so? Ek wéét daar's fout met hom. Ek wéét dit. Julle steek dit vir my weg. Ek gaan my LV bel."

"Dis eenuur in die nag, Mevrou..."

"En wat daarvan? My man lê ernstig op die grens en julle wil my nie sê nie? Ek sal julle wys..."

Sy't die foon neergegooi.

Tien minute later het die foon gelui in die Opskamer van die regiment in Port Elizabeth. Dit was een van die plaaslike Opposisie-LV's.

Hy't so pas mevrou Fouché se storie gehoor en hy is werklik verontrus deur haar verhaal. Ja, hy weet hulle was in kontak met haar man se eenheid, maar het iemand met hom persoonlik gepraat?

Nie?

Maar hoe kan ons dan seker wees hy is wel?

Nee, mevrou Fouché se bronne vir haar bewering klink vir hom baie betroubaar en hy is jammer, maar hy voel die Weermag behoort meer aandag te gee en probeer reël dat definitiewe bewyse verkry word...

Nee, hy weet nie hoe nie, dis die Weermag se probleem, maar hy as Opposisie-LV voel dit sy plig om hierdie saak met die Minister van Verdediging self op te neem indien die Weermag voortgaan om nie mev. Fouché se kommer ter harte te neem nie.

In 'n demokrasie kan politieke wiele baie hardhandig rol, en die regiment se bevelvoerder het besluit hierdie tameletjie is nie vir sy beslissing nie en die versoek aan Pretoria deurgegee.

Pretoria het 'n netjiese pypkan uitgevoer en die beslissing aan Suidwes-Afrika deurgestuur.

Die majoor het besluit dis 'n *baie* groot bal, dié een, en toe die generaal daarmee opgesaal.

Die generaal was 'n man wat 'n beslissing kon neem.

'n Ge-heen-en-weer-poerpoerdery in die vroeë oggendure tussen Port Elizabeth, die grens (via Pretoria én moontlik die Minister) het hom nie aangestaan nie.

My foon het weer gelui.

Ek en die majoor was nou al soos ou vriende.

"Sorry, man, maar Sonskyn sê sersant Fouché moet dadelik by 'n telefoon gebring word sodat hy sy vrou kan bel en dié nonsens kan end kry."

"By 'n telefoon, Majoor?"

"By 'n telefoon. Ek weet. Ek weet. Sê net vir hulle Sonskyn sê so."

"Okay, Majoor. Sonskyn sê so."

Ek kon die radiobediener amper van sy stoel hoor afval. Dit was per slot van rekening twee-uur in die môre.

"Staan by, Oscar Pappa Sierra."

Die eenheid se bevelvoerder het nie lank geneem om by die radio te kom nie. Hy was moeilik, baie moeilik. My hart het gebloei vir hom, maar dan weer: instruksies is instruksies.

"Besef julle dat die naaste telefoon by Ondangwa is en omdat dit nag is, moet persoon Fouché deur twee eskortvoertuie vergesel word? Dis 'n vyftig kilometer soontoe en 'n vyftig terug. Dié tyd van die nag. Ek sal môreoggend die reëlings tref."

"Jammer, maar u moet dit dadelik doen."

Hy was 'n kommandant en ek slegs 'n kaptein, maar die groot verskil was dat ek Oscar Pappa Sierra – die Opskamer, ofte wel Operasionele Hoofkwartier verteenwoordig het, en hy een van die ondergeskikte infanteriebataljons.

"Wat se nonsens is dit dié?! Van..."

"Direkte instruksies van Sonskyn."

Hy was tjoepstil vir lang oomblikke.

"Hulle sal nou vertrek. Uit."

"Oscar Pappa Sierra. Uit."

Aggeja. Die lewe kan wel deeglik onregverdig wees soms.

Begelei deur dertig man in drie voertuie – almal van hulle vaal van die stof en nog valer van gebrek aan slaap – het sersant Fouché om vieruur daardie oggend by 'n telefoon op Ondangwa uitgekom.

Hy het sy vrou geskakel. Hy het haar glo verseker dat hy wel en gesond is. Hy het glo ook van die geleentheid gebruik gemaak om na haar welstand te verneem – en haar van verdere advies te bedien.

Soos een ooggetuie later opgemerk het, 'n mens behoort darem seker nie só met jou vrou te praat nie – maak nie saak wát die provokasie was nie.

Suid van die Zebraberge

Hulle het die spore net na tienuur die oggend opgetel. Hoewel vroegsomer was dit reeds warm, baie warm, soos dit maar gewoonlik die geval is suid van die Zebraberge in Noord-Kaokoland.

Daar was ses en dertig spore, en hulle het noord beweeg, terug na die Kunenerivier en die veiligheid van Angola aan die oorkant.

Die jong luitenant en sy beste spoorsnyer het vinnig beraadslaag.

"Hoe oud?"

"So ses uur, Luitenant"

"Beweeg hulle vinnig?"

"Nie te vinnig nie, Luitenant."

"Nou wat's dit veronderstel om te beteken?"

"So vinnig se stap, Luitenant. Hulle is moeg. Loop al ver."

"Kan dit hulle wees wat die landmyne geplant het daar suid van Opuwo?"

"Kan wees, Luitenant. Hierdie klomp dra nie meer swaar pakke nie."

Hulle het gekyk. Die barre berge het onverbiddelik voor hulle gelê. Berge wat tegelyk mooi en nie mooi is nie. Onherbergsaam en ru met min plantegroei. Dog ook pragtig in hul skurwe grootsheid.

Nie een van die twee het egter illusies gehad oor die taak om oor en deur daardie berge 'n vyand te agtervolg nie. Dis moeilik genoeg om spore te volg oor daardie warm, waterlose berge, vergeet nog om terselfdertyd te probeer voorkom dat jy in 'n hinderlaag vasloop.

Dit is uitstekende hinderlaagterrein – elke meter van die pad vandat die rotsagtige, ruwe berggebied betree word. Kronkelende klowe, rotsbesaai. 'n Paradys vir die terroriswegkruipertjiespeler.

Die luitenant kyk vinnig om na sy peleton. Slegs twintig man. Twintig teen ses en dertig. Nou ja.

As hy sy radioman nader roep en begin praat, weet sy peleton reeds wat gaan gebeur. Hulle gaan die spoor volg. Op 'n drafstap. Hulle gaan kyk of hulle die terroriste kan inhaal.

Indien die twintig teen ses en dertig "odds" enige van hulle gehinder het, het hulle dit nie gewys nie. Hulle het hul rugsakke begin afstroop om dit op 'n hoop te pak.

Hul luitenant was besig om van sy kaart af te gesels oor die radio en hulle het geweet hy gee nou hul huidige posisie sowel as volledige besonderhede van die spore aan hul kompaniebasis.

Indien sy hoofkwartier getwyfel het oor die wysheid om ses en dertig man te agtervolg in daardie wêreld met slegs twintig man, het hulle dit nie vir hom genoem nie.

Hy's 'n opgeleide luitenant. 'n Volle negentien jaar oud. Hard en taai en gewoond aan beslissings neem. Hy ken ook die verskil tussen oorhaastige optrede en die beginsel van planmatige en tog aggressiewe optrede.

Sy agtien swart soldate en een blanke korporaal sal hom volg sonder dat enigeen hardop sal vra of hulle darem nie so 'n bietjie te veel waag nie. Die onderlinge vertroue is al baie deurgeloopte stewels oud.

Hy kan moontlik verwag dat versterkings vorentoe by hulle sal aansluit, of moontlik selfs die uitputtende spoorvolg by hulle sal oorneem. Waar dié versterkings egter gou vandaan gaan kom, weet hy nie, want al die ander pelotons is ook uit op patrollie.

Intussen is hy alleen, en is dit net hul opleiding, hul

fiksheid en wawyd wakker slaap wat die verskil gaan maak as hulle doer ver iewers wel die ses en dertig inhaal. Elke man behou slegs sy wapen, ammunisie en waterbottels. 'n Helikopter sal hul rugsakke hier kom oplaai en terugneem basis toe.

Daar is 'n gees van opgewondenheid onder die manne as hulle hul wapens nasien. Vol magasyn en patroon in die loop. Stelknip op veilig. Dan val hulle in die pad. Vandag sal daar nie oor die middagure gerus word nie.

Hoewel die spore ses uur oud is, kan die groep terroriste moontlik iewers vorentoe gerus het vir 'n uur of twee, wat sou beteken die spore kan eensklaps slegs een uur of selfs minder oud word.

Dit was ook so.

Aan die skadukant van 'n groot rots was tekens dat die groep wel 'n uur of twee gerus het, want die spoor anderkant die rots was slegs drie uur oud.

Stadig het die berge nadergekom en die terrein al hoe ruwer geword.

Waar moontlik het hulle twee spoorsnyers redelik ver vooruit gedraf. Almal was egter soos stywe ghitaarsnare gespan.

Dit was warm, maar die opwinding het aansteeklik onder hulle gewerk en teen 'n drafstap het hulle die skuinstes begin klim.

Teen drieuur die middag was die spoor slegs een uur oud, maar die omgewing het al meer onherbergsaam geword en die spoor al moeiliker om te volg.

Die luitenant het nou elke paar minute halt geroep en dan die wêreld vorentoe versigtig en deeglik bespied voor hy die teken gegee het om weer te beweeg.

Hy het gereeld hul posisie bepaal en deurgestuur na hul hoofkwartier. Baie belangrik om versekering uit te neem in hierdie besigheid. Later die middag was die spoor maar sowat 'n halfuur oud, en hy het hul moordende pas verslap.

Hulle was al hoog op teen die berg toe hulle die spoor op 'n breë rotsplaat verloor. Terwyl die spoorsnyers sirkel in 'n poging om die spoor weer op te tel, wink hy sy radioman nader.

Al die manne het dankbaar neergesak en gehyg na asem. Waterbottels is te voorskyn gehaal. Dit was nie nodig om hulle te herinner om op hul hoede te wees nie. Niemand het gepraat nie. Almal was wawyd wakker. 'n Halfuur-oue spoor is 'n baie, baie vars spoor en baie, baie gevaarlik.

Dit was net toe hy sy kaart oopvou dat hy stewels hoor gly op los klippies. Hy was net betyds om te sien hoe sy radioman se voete onder hom uitskiet. In die val het hy so half skuins gedraai in 'n poging om sy val te keer. Tevergeefs.

Met 'n harde slag slaan hy neer op die rotsbank met die radio skuins onder hom. Die luitenant het yskoud geword.

Stadig het die radiobediener regop gekom. Sy ribbes was seer en sy een elmboog was nerf-af, maar hy het geen aandag daaraan gegee nie. Al sy aandag was by sy radio. Angstig het hy aangeskakel en begin stel aan die knoppies. Almal het hom dopgehou. Selfs die wagte.

Dit het nie meer as 'n minuut geduur om te besef dat hierdie radio nie gou weer die eter lastig sou val nie.

Die luitenant het teruggesak teen die rots.

En nou? Wat nou gedaan? Gaan hy voort op die spoor, sonder verbindinge, of speel hy veilig en hou op met die agtervolging?

Van die twee is die tweede keuse die mees logiese – en die veiligste. Maar om nou op te hou? Hulle is só naby.

Hy het na sy manne gekyk. Net twintig van ons, het dit vir die hoeveelste keer deur sy brein gemaal.

En tog het hy geweet hulle sou die jagtog voortsit as hy dit sou besluit. En besluit moet hy. Hy's die luitenant.

Dis toe dat hulle die helikopter hoor.

Almal het gekyk, maar dit het 'n rukkie geneem om die klein vlieënde insekte – daar was drie van hulle – teen die ontsaglike berge raak te sien. Die helikopters het nader beweeg en toe na regs in 'n reuse-kloof deur die berge verdwyn. Seker 'n kilometer van hulle af.

"Stoppergroepe," het die korporaal opgemerk van waar hy gestaan en waai het. Hy het weer skadu opgesoek.

"Dan is daar seker ander troepe ook reeds agter die terries."

Die luitenant het nie saamgestem nie. "Die spoor is hier by ons. Tensy 'n ander patrollie die spoor vorentoe opgetel het?"

" 'n Halfuur-oue spoor? No ways, Luitenant. Die bokkers is hier voor ons, twee, drie kilometers op die meeste."

"Ek weet. Hoeveel water het julle manne?" Die luitenant het skielik besef dat hierdie faktor nog moontlik die belangrikste en beslissendste gaan wees. Hy is geheel en al afhanklik van die helikopters om vir hom en sy manne kos en water te bring. En nou kan hy nie eens met hulle kommunikeer nie.

"Een waterbottel vol."

"Een en 'n bietjie."

"Een."

"Een."

"Een."

"Half."

"Een en 'n bietjie."

Sy beslissing is vír hom gemaak.

Dis laatmiddag. Volg hy die spoor tot donker en weer met eerstelig môre sonder dat hy gedurende die oggend wateraanvulling kry, is hy in ernstige moeilikheid. Teen middag sal sy manne nie meer kan spoor volg nie, vergeet nog veg indien hy wel die vyand opspoor.

Daarenteen, val hy nou in die pad terug na die naaste waterpunt, wat terselfdertyd ook hul basis is, kan hulle, of dié wat nog kan loop, dit hopelik oormôre bereik. Dan sal hulle teen donker reeds so ver moontlik van die berg af moet wees sodat hulle ook in die koel nagure kan beweeg.

Sy instink was reg. Hul stukkende radio en die waterkrisis het sy beslissing vír hom geneem.

"Reg kêrels. Ons beweeg uit! Basis toe. En van nou af drink jy net water as jou tong begin swel!"

Toe hy opstaan, word die bekende kletterklank van helikopters weer hoorbaar. In die laat middagson vang sy oog die flikkerweerkaatsing op draaiende skroewe. Doer ver onder hulle vlieg 'n helikopter stadig al teen die berghang langs.

Hy dink aan sy seinfakkels in sy rugsak.

"Seinfakkel, Luitenant?" dink sy korporaal hardop vir hom.

Hy bly 'n oomblik stil. As die vyand so naby hulle is as wat hulle dink hulle is en hy stuur 'n fakkel op, weet hulle dat daar troepe kort op hulle hakke is. Teen môreoggend is die spoor dan weer vyf, ses uur oud. Met die helikopters in die omgewing beteken dit bes moontlik dat ander peletons ook reeds aan die opvolg deelneem. 'n Fakkel kan dus die hele operasie laat misluk.

"Nee. Sien die terries dit, stap hulle deur die nag. As daardie choppers stoppergroepe uitgesit het, het hulle nie 'n kans om die terries in die donker voor te keer nie. Maar waai, kêrels! Waai alles wat julle het!"

Manne spring vir hoë rotse en die twintigtal manne doen hul bes om aandag te trek. As die helikopter egter ongesteurd voortfladder en al verder onder hulle uit wegbeweeg, besef hy dat hul bruin bosklere in hierdie geval kwaai teen hulle werk. Teen die geweldige rotse en ruwe bruin berge is hul kamoeflering so goed dat daardie helikopterbemanning hulle onmoontlik sal sien tensy hulle baie nader verbybeweeg.

"Kom, kêrels. Ons beweeg uit."

Dit was al sterk skemer toe hulle die gelyktes bereik. Tot sy ontsettende frustrasie het 'n tweede helikopter 'n halfuur voor laaste lig hoog teen die berg verbygevlieg. Bykans direk oor die plek waar hulle besluit het om om te draai.

Dit was eers drie uur later dat hy sy manne 'n tydelike basis laat opslaan.

Net voor laaste lig het hy sy kaart uitgehaal en hulle roete bepaal. Vyf en vyftig k's. Met voldoende water kan dit in bietjie meer as een lang dag afgelê word deur fikse troepe. Sy troepe is fiks, maar hulle het nie meer water nie. Ook geen kos nie. En daar is die hitte.

'n Uur voor dagbreek was hulle aan die beweeg. Dit was koel en die roete redelik gelyk. Hulle kon aanstoot.

Die son was net op toe hy langs sy korporaal inval.

"Hoe reken jy, Jassie? Hoeveel kliks?"

"Die laaste uur – so sewe, agt."

"Was nog donker. Ons het twee uur voor dit warm word. Bietjie opstoot, nè?"

"Soos jy sê, Luitenant."

"Okay! Bietjie vinniger aanstoot voor dit warm word! Ek wil niemand sien drink uit sy waterbottel voor ek sê nie, nè?"

Dankie tog dat ons nie nog volpak ook dra nie.

"En hier's vyand in die omgewing. Ons is 'n vegpatrollie. Vergeet van water en dink aan Swapo."

In die verte het 'n helikopter verbygedreun, al met die berge langs. Hulle was reeds te ver vir 'n seinfakkel. Hy het die moontlikheid dat die Lugmag hulle opspoor uit sy kop gesit en die pas versnel.

Teen elfuur was sy mond reeds so droog dat hy beswaarlik kon praat. Die klippie wat hy vroeg reeds in sy kies gesit het, het bietjie gehelp om sy speekselkliere van algehele verdorring te red. Sy lippe was gebars en pynlik.

Hy, en sy manne, het hy geweet, sal dit nie maak as hulle oor die volgende vier, vyf uur voortgaan nie. Hy was natgesweet – kosbare vloeistof wat sy liggaam wel koel hou, dog wat beswaarlik gespaar kan word.

Nie een van sy manne het nog aan 'n waterbottel gevat nie, maar hy het besef dat dit nie so kan aangaan nie. Teen die lae grondwal van 'n droë lopie het 'n klompie mopanie- en doringbome 'n aanloklike skadukol gevorm. Hier het hy halt geroep.

Hulle sou uit die son bly tot laat middag en dan weer voortbeweeg. Wagte is uitgesit en hy het seker gemaak dat elkeen in die skaduwee is, met instruksies om in die skadu te bly soos die son oorheen beweeg.

"Goed, boys, Elkeen neem nou twee slukke – net twee! – maak julle lippe nat, en sit dan weg daardie water."

Slegs 'n paar het die dissipline gehad om by twee slukke te hou.

"Twee slukke! Ek sê – twéé! Sit neer daai bottels! Sit neer!"

Met 'n "Jy daar!!" het hy 'n klip opgeraap en laat loop in die rigting van 'n soldaat so 'n entjie weg wat nog nie sy bottel laat sak het nie. Slegs die pyn van die klip wat hom teen die bobeen tref, het hom sy bottel haastig laat sak.

"Luister as ek praat! As julle dink julle is nou dors, wag tot vanaand! En dan het jy bôggerol! Ek los jou in die veld vir die hiënas, jou sleg hêl!"

Sy woorde het die gewenste effek gehad, want almal het hul bottels teruggeplaas in die seilhouers.

"Basta onnodig beweeg. Bly so stil moontlik, en hou dadelik op met sweet. Dis 'n bevel!"

Flou grappie, Luitenant, flou grappie. Hier en daar het iemand egter geglimlag. Nee wat. Gees is reg. Dié manne kan nog baie vat.

Hy't sy kaarte weer te voorskyn gehaal en berekenings gemaak. Jassie het saamgestem. Hulle het sowat dertig, veertig k's gevorder. Die basis was nog sowat dieselfde afstand voor hulle. Van nou af egter sal dit al hoe stadiger gaan. Honger en dors en uitputting sal van nou af begin tel – en al hoe vinniger ook.

"Jassie. Ek of jy móét dit maak. Okay? As ons sien van die manne gaan dit nie maak nie, dan los ons hulle iewers in die skaduwee, in groepies. Hulle kan later opgetel word – solank iemand dit net maak tot by die basis."

Jassie moes sy tong rondrol om klammigheid te maak sodat hy kon praat. Sy lippe was lelik gebars.

"Sal dit maak. Tuurlik sal ons dit maak."

"Tuurlik."

Maar toe die son die aand sak, het die luitenant geweet hulle sal dit nie almal maak nie. In elk geval nie op eie voete nie.

Sonder uitsondering was hulle totaal uitgeput. Praat was moeilik. Baie moeilik. Sy tong was dik in sy mond. Dit het soos 'n stuk droë biltong gevoel.

"Buitekant van 'n krokodil," het Jassie op een tydstip skor hier van agter hom laat hoor. Hy het omgekyk. Jassie het na sy tong gewys.

Hul pas het ook geleidelik afgeneem, na niks meer nie as so drie, vier kilometer per uur. 'n Stadige stappas. Een keer die middag het 'n helikopter weer in die verte verbygedreun. Net vir ingeval het hy 'n rooi seinfakkel opgestuur. Die gedreun het weggesterf. In die laaste strale van die son het hulle 'n verlate ou afgebrande dorpie binnegestrompel. In die ou vuurmaakplek het 'n klompie kurkdroë mieliepitte gelê.

Kos!

Nadat elke moontlike mieliepit opgetel is het elkeen sy rantsoen gekry. So tien, twaalf mieliepitte elk. Hoewel die pitte so hard soos klippe was, was dit iets om aan te kou en het verbasend gehelp om 'n klammigheidjie in die mond terug te bring. Een-een is hulle sag geweek, stukkend gebyt, fyn gekou en ingesluk. So in die stap.

Skaars 'n kilometer anderkant die dorpie moes hulle halt roep. Twee van die manne kon net nie verder nie. Hulle het net gaan sit. Uitgeput. Die ander het soos outomate posisies ingeneem vir 'n tydelike basis.

Verder sou hulle dié nag nie beweeg nie.

Die luitenant het besef dat hy môre-oggend dié wat nie verder kon nie, net hier moes agterlaat. Hy kon voel dat ook hy nie naastenby meer die uithouvermoë en stamina het wat hy daardie oggend nog gehad het nie. Die effek van 'n gebrek aan water op die uithouvermoë van die mens het hom onkant betrap. Hy was bekommerd. Baie bekommerd. Hy het 'n vinnige watervoorraadopname gemaak. Dit was maklik. Slegs vier man het nog 'n bietjie water oorgehad. Hyself, Jassie en twee van die oudste swart soldate.

Hy het weer sy kaarte uitgehaal. Volgens sy berekening was hulle nie meer as vyftien, twintig kilometer van die basis af nie. 'n Afstand wat hy normaalweg in 'n uur en 'n half kon afdraf. Nie nou meer nie. Hy kon die hele middag voel hoe sy krag verminder. Merkbaar. En hoe vinnig gaan dit môre afneem – as die son eers uitkom?

Nonsens! Twak! Vyftien kilometers. Voor elfuur is hulle daar. Positief dink!

Toe hulle die volgende môre in die donker uitbeweeg, het tien man agtergebly. Vier het gevra om te bly. Hulle sou die ander net terughou. Hy het nog ses man afgedeel ten einde hulle 'n seksie sterkte maak. Sodoende kon hulle hulself beskerm en die paar sterker man kon omsien na die ander. Met 'n skok het hy na 'n halfuur agtergekom dat hulle beswaarlik 'n looppas kon handhaaf. Nie al tien nie. Die sterkeres moes terughou vir die swakkeres.

Hulle het egter die terrein begin herken, en dit het wondere verrig vir hul moreel. Vir 'n rukkie na sonop het dit heel skaflik gegaan, maar toe vra een man of hulle nie net so 'n bietjie stadiger kon loop nie. Hy't nie gevra nie. Hy't beduie. Sy tong te geswel om te praat.

Hulle het stadiger beweeg, maar hy het nie toegelaat dat die swakkeres die pas aangee nie. Dan sou hulle spoedig heeltemal ophou beweeg.

Hul wapens het soos stukke swaar lood in hul hande gevoel. Hy't sy waterbottel uitgehaal en in die rondte aangegee. Daar was nog net genoeg om elke man se lippe nat te maak. Maar dit het getroos.

Teen elfuur het hy halt geroep. Hy moes. Twee man kon nie verder nie. Hulle het net eenvoudig gaan staan en bly staan. Waggelend op hul voete.

Hy't Jassie nadergewink. Sy eie tong het soos lood gevoel. Hy't nie gepraat nie. Net sy vinger na 'n doringboom gewys, toe na Jassie en ook na twee ander manne wat vir hom die moegste gelyk het.

Jassie se oë het vernou. Hy wou praat, protesteer. Die luitenant het egter omgedraai en vir die ander gewink om hom te volg.

Honderd meter verder het hy omgekyk. Jassie het hom nog staan en agternakyk. Vir 'n oomblik – toe lig Jassie sy hand op, draai om en stap oor na waar die een man reeds op sy hurke neergesak het.

Die laaste tien kilometer het hulle amper vier uur geneem. Hulle het soos robotte geloop. Die gesing van sonbesies het soos 'n koor uit die hel om hulle gedawer en op ritme van die lugspieëlings soos simfonieklanke oor hul gespoel.

Die hitte en die ontsettende lamheid in sy bene was al waarvan hy bewus was, maar die wil van die mens is sterker as die vlees. Dit het die luitenant daardie dag uitgevind. Toe die basis in sig kom, het hy dit sterk oorweeg om 'n ligfakkel op te skiet en so hulle die laaste twee-drie kilometer te spaar. Maar toe neem sy trots oor.

Hy sal instap in daardie basis. Niemand kom hom haal nie. En hy het. Hulle al vyf het.

Hy kon nie praat nie, maar het sy kaart uitgehaal en gewys waar die res van sy manne was. Voertuie het begin dreun en bevele is geskree.

Hy't so vaagweg gewonder hoe dié agterlaat van sy manne sal afgaan by sy bevelvoerder, maar toe dié self die yskoue Coke-blikkie vir hom oopmaak en hou dat hy kon drink, dog hy weer – dis seker maar oraait. Iemand het voorgestel dat hy gaan lê en rus, maar hy't stomweg geweier. En hy het nog net daar gesit toe die eerste voertuig terugkom met Jassie en sy manne. Hy't self Jassie se Coke-blikkie vir hom oopgemaak.

Ook toe die ander voertuie drie uur later met die res van sy manne onder die mopanies stilhou, het hy hulle ingewag. Toe eers het hy weggeloop en op sy bed platgeval. Teen daardie tyd het hy reeds uitgevind dat die helikopters wat hulle gesien het, almal na hulle gesoek het. Toe sy radioverbindinge skielik opdroog, is gevrees dat hy en sy manne in 'n hinderlaag geloop het en is onmiddellik lugsteun ontbied.

Daardie hele dag het die Lugmag gesoek, sonder sukses en met groter wordende vrees dat hulle verniet soek. Dat daar geen oorlewendes was nie.

Toe stap hy die basis binne.

Die lectrician

Die kommandant, ingenieur van beroep, het op die Ben Schoeman-snelweg dié groot troep opgelaai.

"Op pad Germiston toe, dankie ou gabba."

Die kommandant het nie sy uniform aangehad nie.

Aan die troep se manier van gaan sit en hom tuis maak met die Texan in die hoek van die mond, kon die kommandant sien dis 'n verkeerde meneer dié.

Ook nie juis 'n kind nie. Goed 23, 24 jaar oud. Hardebaard. Taai gesig. Groot brekerhande vol eelte.

"En? Waarheen is jy op pad op 'n Dinsdag?"

"Hystoe. Waa anners?"

"Ek sien. Paar dae verlof?"

"Sillie dag wees. Kom nou net uit DB uit."

"DB! Nou wat het dan met jou gebeur?"

"Offisier gedônner. Haat die goed. Kan hulle nie vat nie. Derde een wat ek bliksem."

Stilte.

"So wraggies hè?"

"For sure. Goed opgehêl."

"Jus-laaik."

"Ja, jislaaik is reg. Ek sê, ou China, watse job doen jy, hè?"

"O! Ek? Ja! Nee, ek is 'n ingenieur! Elektries, en al daai soort dinge, jy weet?"

"Check! Lectrician. 'S okay. Lykit met 'n Texan, ou gabba? En waar sê jy werk jy . . .?"

En wat sê ek vir Ma?

Daar is heelwat legendes in omloop onder die voetsoldate van Wamboland. Onder die manne wat die sieldodende daelange patrollies al geloop het onder die warm son en die koue nagte.

Een van hierdie legendes is van die eienaardige besoeker, eintlik twee, wat so onverwags al by patrollies aangesluit het, gewoonlik na so 'n paar dae en gewoonlik by dié punt waar die moeë manne se voedsel, water en pos aangevul word.

Soos die geval was met korporaal Gesie Jones se patrollie – drie dae uit en drie dae om te gaan. Toe hulle moeg, warm, ontsettend vuil en onwelriekend by dié aanvulpunt aankom, wag nie net vars water, pos en kos vir hulle nie, maar ook twee man. Gekamoefleer nes hulle. Identiese wapens, alles. Geen rangtekens nie, soos die gebruik is. Beide was net ouer. En die een meer senior as die ander, en dis hy wat die korporaal eenkant toe geroep en verwittig het dat hy en sy kollega graag by die patrollie wou aansluit. Dit is gereël met sy bevelvoerder. Vir 'n paar dae. Hulle sal onder die korporaal se bevel wees. Hy hoef hom nie oor hulle te bekommer nie. Hulle ken hulle "gevegsdrils". In 'n kontak met die vyand volg hulle sy instruksies.

Die korporaal het so skuinsweg na die ouer en meer senior een van die twee gekyk het en gewonder oor die grys wat so wil-wil op sy slape uitslaan.

Die twee se kamoeflering was so deeglik gedoen dat hulle nie baie herkenbaar was nie, en met die voorstelling luister mens nie altyd na die van nie, veral nog onder sulke omstandighede in die bos.

Die korporaal, so lui die storie, het hom so effe vervies vir dié twee ouballies wat so skielik so sommerso by hom kom aansluit het. Vanselfsprekend is dit offisiere. Seker senior offisiere besig met 'n evaluering of 'n ding. Maar hoekom op hóm kom afklim? Hy's besig. Hy't baie k's om te loop. Hy ken sy werk. As hulle die pas kan verduur, nou ja, welkom. So nie, hy dra nie passasiers nie. Hy klim eenvoudig op sy radio en laat weet HK om die ou omies te kom wegvat. Hy't nie 'n saak met hulle nie.

Dan weer – sy ondervinding sê hom hierdie twee het al self bevele gegee in hul militêre loopbaan. Voor hulle uitbeweeg, het hy hulle hul posisies in sy patrollieformasie gewys en gou die handseine met hulle getoets.

Hulle het dit geken.

Hy't uitbeweeg.

Vir 'n rukkie het hy hulle dopgehou, so onderlangs, maar gou ontspan. Hulle was voetsoldate. Dit was duidelik. Hulle het geweet wat van hulle verwag word. Die ouer een het hom egter gepla. Iets was baie bekend aan dié persoon se bou en manier van praat, en loop.

En dié se maat, skuins agter hom, wat sy kollega net so fyn dophou as die bos om hulle?

Dit was eers laatmiddag, toe hulle besig was om tydelike basis op te slaan, dat hy skielik met 'n ontsagtelike skrik besef wie hy hier by hom op patrollie het. Natuurlik het hy hom al vantevore gesien! Op laasmaand se *Paratus*-voorblad. En op TV-Nuus. Baiekeer.

Dit was die wyse waarop hy nou net sy boshoed afgehaal en sweet afgevee het, wat hom verraai het.

Die persoon het die jong man se oorblufte herkenning raakgesien. Hy't hom nadergewink. Toe hy voor hom kom, kon hy homself net nie help nie. Hy't gestrek.

"Generaal..."

Die man het geglimlag: "Nie hier nie. Kom ons hou dit so? En tensy die res van die manne vanself agterkom – hou dit maar tussen ons?
"En, Korporaal, ek hou van die manier waarop jy jou patrollieformasie aanpas by die terrein. Kan ons netnou bietjie gesels – heeltemal informeel – oor jou ondervinding? Sommer so oor die kos, julle stewels, formasies, wat is lekker, wat is sleg. Jy weet?"
Hy't geglimlag.
"Ons is albei infanterie. Enigiets wat jy dink ek behoort te weet. Dis jou kans, Korporaal!"

Die korporaal weet te vertel dat hy wel mettertyd oor sy skrik gekom het en dat hulle terdeë gesels het. Onder die sterre, en as ou Spikes hulle braai oor die middagure. Oor alles. Die mense tuis. Waaroor dit alles gaan. Ou Floors se hak wat hom so opdraand gee en rêrig seer word van dié stappery, maar hoe die basisdoktertjie sê dis nie ernstig nie, en elk geval, hy weet nie wat fout is nie; so Floors moet maar sterk wees en loop. Kyk hoe hinkepink hy ... En oor die pos wat darem seker bietjie vinniger kan kom. En die ratpacks wat nou wel vervelig word, maar darem ook baie lekker is. En oor diensplig, en die RSA en wanneer die Kommuniste ooit eendag gaan ophou probeer om ons land oor te neem. En die generaal het gesê: "Nie in jou leeftyd nie, Gerhard, ook nie in myne nie. Tensy hulle verslaan word. Hul sien dit as hul roeping. Hul lewenstaak. Hulle wil die wêreld oorheers. So jy kan nie vlug vir Moskou nie. En die Weste en RSA se enigste antwoord is ons geloof, vaderlandsliefde en dissipline – selfdissipline meer as enigiets anders. En die voorreg om selfs hier in die bos vir dit wat joune is te kan stry!"
En toe hulle hom drie dae later met 'n Puma kom haal, het hy ou Floors met hom saamgeneem en ou Floors se hak is nou weer honkiedôrie. En hy wil net dit sê: Dêmmit, dis meneer se kind, dié chief. Hy's voetsoldaat eerste, generaal tweede, en

daar in Wambo se bos is dit lekker om te weet daar's mense soos hy daar waar dit saakmaak.

Dan is daar die ander storie van dieselfde generaal. Hoe hy vir sy stafoffisiere baie kommer veroorsaak het met sy neukery om persoonlik by sy troepe te wil wees in 'n geveg.

Hoe hy eenvoudig nie weggehou kan word as die groot aanval ingaan nie. Hy't dit beplan. Hy's verantwoordelik. Hy wil daar wees as dit gebeur. So kort op die vegtende troepe se hakke dat sy stafoffisiere soms baie bekommerde mense was.

Dit was juis weer sulke tyd.

Die groot aanval, gelei deur die valskermsoldate, het ingegaan en hulle teen kwaai teenstand vasgeloop. Die geveg was hewig, en nie te ver agter hulle nie was dié man. Volledig op die hoogte van sake weens die eenvoudige feit dat hy dáár was! Toe gebeur dit dat die bevelpos inderhaas verskuif moes word. Die manne het haastig die pantservoertuie beklim en begin beweeg.

Hulle het skaars begin beweeg toe die generaal se voertuig 'n landmyn aftrap.

Niemand was nog vasgegespe nie en die storie wil dit hê dat hy uitgeslinger is, 'n ent getrek en hard geval het.

Hy's egter 'n baie fiks man en het homself eenvoudig afgestof en hulle het voortgegaan.

'n Paar uur later. Die geveg is gewen. Die valskermsoldate was besig om op te ruim en eenkant het 'n groepie baie senior offisiere die dag se gebeure staan en ontleed.

Nie een van hulle het gesien hoe 'n jong valskermsoldaat deur die bome aangedraf kom nie. Hy't vinnig om hom heen gekyk. Soekend na iets. Hy was vuil. Vuil, besweet ... moeg ... Hy het so pas 'n geveg deurleef wat baie mense se lewens geëis het. Die feit dat bykans al dié lewens dié van die vyand was, maak so 'n ondervinding niks minder traumaties nie.

Hy't sy wapen los in sy regterhand gedra en sy boshoed was agteroor op sy kop geskuif.

Toe sien hy die groepie offisiere en hy peil reguit op hulle af.

"Verskoon tog. Skies," wurm hy sy pad tussen die verbaasde groepie deur. Die voorwerp van sy belangstelling het hom nie sien kom voordat hy deurbreek in die opening in die middel van die groepie nie.

Alle gesels droog eensklaps op. Alle oë was op die klein 'parabat' en dié man.

Hulle oë het ontmoet. Dit was of hulle wou praat, maar dit wat hulle wou sê, kon nie voor die groot gehoor gesê word nie. Die jong man se oë het die man voor hom gevee. Van bo tot onder. Asof hy na iets soek.

Stadig het die kommer in sy oë vervaag toe hy nie vind wat hy soek nie.

"Ek het gehoor, van 'n landmyn?"

Die man het half apologeties geglimlag-knik.

"En, dat u ..." Hy't om hom gekyk, na die gesigte om hom. Nie een het gereageer nie. Hy't teruggekyk na die man voor hom.

"... nie vasgegespe was nie. Uitgegooi was?"

In die oë voor hom kon hy sien dit was wel so. Moontlik was dit die verligting, maar toe vervies hy hom.

"En hoekom moet net óns vasgespe? Geld dieselfde reëls nie ook vir hoë offisiere nie? Waarvoor is veiligheidsreëls daar as dit net vir sekere..."

Van agter het 'n brigadier 'n hand op sy skouer geplaas.

Hy het opgehou praat, omgekyk. Die brigadier het niks gesê nie. Hy't weer na voor gekyk. Die beskuldiging was nog in sy stem, maar sagter dié keer.

"... wat sou ek vir Ma gaan sê het? Generaal?"

Die vraag het in die lug bly hang. Asof hy skielik besef waar hy hom bevind, het hy sy wapen oorgeplaas in sy linkerhand en toe het hy stadig gesalueer en 'n stowwerige omkeer gemaak. Die omstanders het 'n paadjie vir hom oopgemaak.

Hy was al 'n entjie weg voor sy pa sy saluut beantwoord het.

Calais

Calais lê skuins oorkant Rundu – op die noorderwalle van die breë, stilvloeiende Okavangorivier. In Angola.

Calais is 'n tipies oudmodiese Portugese koloniale dorpie. "Was" sou meer korrek wees, want die oorlog het reeds male sonder tal deur dié dorpie gespoel, en as oorlog deur 'n dorpie gespoel het, is dit nooit weer dieselfde nie.

Baie jare gelede het my suster deur Suid-Angola getoer en onder andere ook Calais besoek. Sy het dit beskryf as 'n skilderagtige, slaperige ou dorpie met die mooiste witgepleisterde Portugese huisies, dromerig en vreedsaam op die walle van die Okavango.

Sy't vertel van die mooi ou kroegie wat voor, naby die pont, oor die rivier uitkyk, en waar sy laat die middag 'n Cucabier gedrink het. Die plekkie was gepak met inwoners. Die Boeing was reeds oor. Lekker koue bier in 'n buksietipe botteltjie. Yskoud in die bedompige hitte van Angola.

Die vriendelike, vreedsame inwoners en die skadubome langs die paar straatjies – rustig in die sekerheid van 'n vyfhonderd-jaar-oue Portugese ryk.

En toe vou Portugal se wil om te veg. Nie in Angola nie – maar vér weg in Lissabon, en die weerklanke van die inmekaarsak van 'n vyfhonderd-jaar-oue ryk het onstuitbaar soos 'n vloedgolf uitgekring.

En op die heel verste grens van die Portugese ryk het die oorlog op 'n dag ook rustige, skilderagtige Calais bereik.

Dit was sowat vyf jaar ná die golf Calais bereik het dat ek een oggend in Calais voet aan wal gesit het, saam met 'n paar genie-offisiere.

Hulle het kom ondersoek instel na die moontlikheid om Calais weer leefbaar te maak vir die duisende Angolese vlugtelinge wat toe jare lank reeds Rundu oorstroom het.

Calais was doodstil. Dit was winter. Unita het 'n paar maande tevore, aan die einde van die reënseisoen, vir die soveelste keer die MPLA-regeringsmagte uit die dorpie verdryf, die pas geoeste kosvoorrade gebuit en self ook weer in die bosse verdwyn.

In Angola weet 'n mens egter nooit nie, en die klompie gewapende wawydwakker genie-soldate wat versigtig voor ons uit deur die dorpie beweeg het, het gehelp om die ergste onrustigheid te neutraliseer. Die troue ou 9-mm-Star het ook getroos.

Slegs 'n paar tree met die "hoofstraat" op moes ek gaan staan. So iets het ek nie verwag nie. Geslagte Suid-Afrikaners het nog nooit so iets gesien nie, en ek het daardie dag mooi gevra dat ons in hierdie land nooit so iets mag beleef nie.

Calais ... Tzaneen? Stellenbosch? Ficksburg? ... Hluhluwe?

Die skilderagtige ou kroegie waar kleinsus haar bottel Cucabier gedrink het, se stoep was net links van my. Sy dak was weg, of liewers, ingestort. Sy voorste muur was half weg soos die mortierbom wat deur die dak gekom het, die voorkant weggeruk het. Masjiengeweer-koeëlgate het in onegalige rye oor die muur gestreep, met hier en daar groter gate gemaak deur vuurpyle.

Aan die ander kant van die restourantvertrek self het die ou kroeg, gemaak van swaar hout, nog bokant die sinkplate uitgesteek.

Ons het gaan kyk.

Kletterend het ons bo-oor die sinkplate geklouter – binne-in die gebou, met sonskyn op ons bruin boshoede.

Teen een muur 'n vaalverbleikte biljet wat 'n stiergeveg adverteer. Bokant die kroegtoonbank was 'n paar van die ou houtrakke nog lendelam teen die muur vas, dog 'n sarsie koeëls het die spieël wat eenmaal as agtergrond gedien het, in klein blink stukkies teen die muur vasgeslaan.

En na regs die woorde: "Viva MPLA!" grotendeels deur 'n masjiengeweer van die muur afgevee. Net bokant dit "Viva UNITA!" – op sy beurt weer met koeëls en houtskool bykans uitgedoof.

Dan weer "Viva MPLA!" – weer eens met 'n sarsie koeëls uitgevee en, heelbo, nog relatief ongeskonde die slagspreuk van die mees onlangse oorwinnaar – "Viva UNITA!"

Ek buk om een van die leë Cucabierbottels op te tel en 'n yslike akkedis se wegskarrel laat my my hand vinnig terugpluk.

Ontspan, man.

Die bottel steek ek in my sak. Toeris.

Op met die straat. Snaaks. Die manne se geskerts het opgedroog.

Daar is mortiergate in die teer. Die huise se voorste mure is vol skerfgate, koeëlgate. Viva UNITA's en Viva MPLA's oral sigbaar.

'n Motorwrak staan geroes en half uitmekaar voor een huis. Stukkend geskiet. Bande wat vrot. Glasstukkies lê die wêreld vol gesaai. As 'n hele dorpie se ruite gebreek word, sal glas seker redelik dik rondlê. Soos hier. Gras groei op die sypaadjies en in die bomgate in die strate en om die wiele van die motorwrak. En in die tuintjies voor die huise. Die bos, Afrika, is besig om terug te neem wat vir so kort van hom gesteel is.

Die telefoonpale staan nog. Sommige skeef. Slegs die paar oorblywende telefoondrade hou nog sommige van die pale orent. In byna al die straatligte is die gloeilampies nog sigbaar. Blink in die son.

Ek stap stadig voor 'n huis verby. Soos die meeste van die

huise is sy dak weg. Afgeskiet of weggedra deur die swartes om skuilings in die veiligheid van die digter bosse te gaan opslaan.

Ek steek vas. Die voordeur is weg en ek kan reg in die gang afkyk tot in die badkamer aan die verste end van die gang.

Simpel plek vir 'n badkamer – aan die onderent van die gang. As jy jou voordeur oopmaak en iemand het die badkamerdeur oopgelos en daar sit pa op daardie... Nee. Tog nie. Dis 'n bidet! 'n Porselein-bidet. Hier, op die heel verste uithoek van die Portugese ryk.

Blinkwit in die helder sonstrale. Dit was 'n nuwe huisie dié. Daardie bidet, en die teëls teen die muur – splinternuut.

En die eienaars? Hulle wie se privaatheid en drome so oopgespalk, aan almal wat wil kyk, ontbloot is?

Iets sê ek moet gaan kyk. Daardie blinkwit bidet in die sonskyn aan die onderent van die lang gang. Verkragte beskawingsimbool. Duisende kilo's oor die see, deur oerwoude, savanne – tot hier, waar 'n beskaafde familie dit ingebou het in hul nuwe huisie.

So mooi. Porselein. So skrikwekkend in sy simboliek van wat van 'n dorpie, 'n land, kan word as die volk en sy leiers eendag besluit hulle is moeg – en Afrika by die voordeur inlaat ...

Die vyf tree na die voordeur is grasbegroeid. Die glasstukke blink tussen die gras en kraak onder my stewels.

Ek het amper die voordeur bereik toe ek die geluid hoor. Van regs half agter my. Die geritsel van iets wat orent spring in die gras. Ek het na links gespring en uit die hoek van my oog gesien hoe iets agter my aankom. Iets wat uitskiet uit die gras en terselfdertyf my regtervoet in sy greep het.

Grypend na my pistool het ek met my linkerskouer teen die voordeur te lande gekom, heeltemal van balans af, half winduit en die pistool nog stewig vasgevang in die pistoolsak...

Die was nie nodig nie. Van oorkant die pad het 'n kollega

geskater van die lag. Ek het omgekyk. 'n Troepie het sy R1 laat sak en ook begin glimlag.

Ek het my regtervoet gelig en dit weer stadig laat sak. Die lang, dun plank wat my so skielik "aangeval" het, was stewig aan my regterhak vas waar die spyker diep in die hak ingesteek het.

Laat hulle lag. Ek het bly leun teen die deurkosyn en stadig die plank vasgetrap en my regterhak losgewoel.

In die kroeg die aand is my groot skrik en swak pistool-uitpluk-vertoning met groot smaak en plesier aan die aanwesiges vertel.

En so tussen die gelag deur het 'n genie-majoor oorgeleun en droogweg opgemerk: "Miskien maar beter jy was toe nie die huis binne nie – ons gaan môre eers die ou dorpie skoonmaak."

"Skoonmaak?"

"Ja. Al die fopmyne lig ... hulle los altyd so 'n klompie van die goed vir die MPLA om te kom afsit. Op interessante plekke. Plekke wat jou aandag trek. Anderste plekke."

Soos – bidets?

Die slag van Rooikop

Op 'n dag het 'n Shackleton van die SALM op Rooikop neergestryk vir 'n oornagbesoekie. Rooikop by Walvisbaai. Ongelukkig het dié Shackleton se een motor probleme gegee, en toe die bemanning in die bloedige hitte gaan soek na 'n lafenis, was dit die taak van twee bemanningslede om eers na die probleemmotor om te sien.

Een van dié manne het eers die vliegtuig sc DD 700, die "Tegniese Geskiedenis", gaan haal ten einde die tegniese agtergrond korrek te hê voordat hulle die moere en skroefsleutels en goete in die werk steek.

Elke vliegtuig het 'n DD 700. Dit is die volledige geskiedenis van die vliegtuig. Sy motore, dienstydperke en nog duisend en een ander feite. 'n Baie belangrike boek dus.

Al blaaiend in dié uiters waardevolle geskiedenisboek van die vliegtuig het die sersant aangestap gekom en nie mooi gekyk waar hy loop nie – reg oor die "vyand" se grondgebied.

Op Rooikop was 'n mak bobbejaan. Nie 'n alledaagse Makkatees-bobbejaan nie. Beslis nie. Hy was 'n slêm tjênd bobbejaan; kon ook nie anders nie, hy was op SA Lugmagsterkte.

Van al die goeie kos en aandag was dié bobbejaan 'n menere-bobbejaan. Yslik groot en yslik slim. Hy het al die gewoonte aangeleer om sy ketting te verkort deur dit saam te vat en agter sy rug te hou sodat jy dit nie kan sien nie. Dan lyk dit of Ta slegs 'n kort ketting het en nie meer as so drie, vier meter weg van sy paal kan beweeg nie.

Die sersant het oop-oë in die hinderlaag ingeloop toe hy

kortpad by die bobbejaan verby kies, al blaaiend in sy kosbare boek. Hy dog nog hy blaai, toe los Ta sy opgerolde ketting en loods 'n aanval reg uit die son uit. Die arme sersant het nie 'n kans gehad nie. Hy wou nog skrik, toe sit die bobbejaan al daar oorkant en skeur die kosbare boek dat jy net sien blaaie en sand waai...

Dié wat weet, sê glo dat 'n vliegtuig se DD 700 nie 'n boek is waaruit geskeur moet word nie. Liefs nie. Die sersant het ook so gevoel, net nog meer so.

Tyd vir skrik en bang word, was daar nie. Hy't 'n teenaanval geloods. Bobbejaan het hom egter gesien kom en 'n blitsige swenk na regs uitgevoer. Die sersant het hom met 'n tree gemis.

Drie bladsye het gewaai in die halfsekonde wat dit bobbejaan geneem het om die sersant te systap. Toe die sersant omvlie, sit Ta rustig bo-op sy paal en vreet-proe aan nog een van die kosbare bladsye. Die sersant het nadergestorm, maar met dié wys bobbejaan tande en laat loop met sy rasperblaf.

Dié lastige ou in blou het moeilikheid gesoek.

Dit was bobbejaan se beurt vir 'n fout. Toe hy hom weer kom kry, het die sersant sy ketting beet en pluk hy bojaan bo van die paal af. Jy sien net boek trek – en nog 'n paar bladsye. Die sersant was met 'n kortkop voor toe hy die boek bereik, maar net toe hy dit opraap, spring bobbejaan se kind bo-op sy rug en ry hom as 't ware plat in die sand.

Dié keer was bobbejaan eerste by, maar ook net met 'n kwartsekond. Toe hy nog dink hy het die boek, pluk die sersant hom onderstebo en klap hom terselfdertyd dat hy skuinsweg op sy oor in die sand sand-vat.

Die feit dat hy halfskielik alle gehoor in een oor verloor het, het niks aan sy spoed gemaak nie. Die sersant wou eers gou die kosbare paar los blaaie bymekaarskraap voordat hy probeer wegkom uit die aksiestraal van sy teëstander.

Dit was weer 'n fout.

Hy was nog al galoppend besig om bladsye op te raap, toe

hang sy harige teenstander aan sy regterbeen, al kouend aan sy knie. Hy't soos 'n os neergeslaan en met 'n gil die boek die hoogte laat inspat. Met die omrol het hy na sy been gegryp en in die proses bojaan aan die nek beetgekry. Hy't begin wurg.

'n Paar oomblikke het dit gelyk of hy gaan wen, maar toe skop bojaan met al vier pote teen sy bors vas en ruk los. Die sersant het later kon sweer die harige gedrog het met opset nog sand in sy oë ook gegooi.

Op hierdie oomblik het die sersant se kollega, 'n sersant wat aanvanklik bo-op 'n leer by die motor doenig was, dog vroeg in die geveg reeds afgeval het weens seer maagspiere, dit reggekry om nader te kruip en advies te skreeu.

"Gooi die boek! Die boek! Gooi hom!"

Sersant het gegooi. Die boek het 'n boog getrek en langs die sersant grondgevat.

Wat bojaan ook al was, hy was 'n pragmatiese fatalis. Aanvaar 'n situasie soos hy is, skik jou daarna en maak die beste van 'n vrot saak – veral as die man alweer hier in jou grondgebied haastig rondskarrel om die oorblywende los velle bymekaar te maak. Die sersant het net mooi die laaste vel papier opgeraap toe die bojaan, vir die tweede keer dié middag, 'n senior onderoffisier van die SALM toe onder die stof loop.

Toe die stof sak, sit die twee opponente mekaar en aangluur so twee tree uitmekaar.

"Voetsêk!! Jou harige robbies!"

"Bôggem!"

"Joune ôk – Voessêk!"

"Bôggem! Bôggem!"

Geheel en al onbekwaam om enige hulp te verleen vanwaar hy in die sand rondrol, kon sy kollega net advies aanbied so tussen die lagbuie deur.

"Byt hom, Koos! Omsingel hom!"

Wat toe ook presies gebeur. Bojaan kon Afrikaans verstaan. Vir 'n paar oomblikke gluur hulle mekaar aan, toe begin hulle stadig om mekaar sirkel. Handeviervoet. Albei was deurentyd besig om die ander mondeling te demoraliseer so goed hy kan. Toe die sersant aan die buitekant van die kring kom, verste van die paal, besluit hy om 'n breek te maak.

Nie vinnig genoeg nie.

Bojaan het soos 'n harige neet vanuit nêrens om sy linkerbeen gehang en dadelik weer begin kou aan sy knie. Gelukkig het iemand hom geleer om nie te hard te byt nie.

Skaakmat.

Hulle het mekaar aangegluur. Die bojaan se klein swart ogies suspisieus bokant sy groot swart bek – stewig om die knie geklem. Roer hy, dan verstewig die kake.

"Skiet die dêm ding!" het die sersant sy kollega gesmeek. "Dis nie snaaks nie – hy vreet my been op! Skiet hom!"

Sy kollega het stadig bedaar en kon na 'n rukkie selfs regop sit.

"Détente, ou Koos. Détente! Ons skiet mekaar nie meer nie. Ons ruil pampiere om!"

"Hè?"

"Gee hom 'n vel papier, man!"

Die sersant het na die bojaan gekyk en na sy kosbare papiere. Hy't tussen sy papiere gesoek na die een met die minste inligting op. Stadig het hy dit vir die bojaan aangebied.

Bojaan se ogies het suspisieus geglinster. Meer as wat hy verwag het. Waar's die catch? Hy't die saak oorweeg.

If you can't beat them...

Stadig het hy die vel papier geneem en net so stadig en baie waardig sy greep gelos. Met 'n heel gemoedelike "Uh!" het hy weggestap, paal toe.

Die slag van Rooikop was verby, papiere uitgeruil en almal se gekneusde ego's terug in hul kassies.

Wat net bewys wat gedoen kán word as jy bereid is om te "détente".

"Sommerso teen my been, Kolonel!"

Die klag van aanranding was gelê deur die Wambo met die bruin trui. Sy twee maats het saamgekom om sy getuienis te bevestig. Die klaer het met moeite gepraat. Sy mond was 'n massa watte, bloed en pleisters.

Die 'aangeklaagde' in hierdie geval was 'n jong valskermbataljonkorporaal.

Die kolonel het teruggesit en na die groepie voor hom in sy kantoor gekyk. Dit was 'n situasie waarmee hy nog nie tevore te doene gehad het nie.

Die kolonel het na die polisieamptenaar gekyk wat voor hom gestaan het.

"Kan ons bietjie gesels, Sersant? Alleen."

"Seker, Kolonel."

"Korporaal. Neem die drie na buite en wag daar. Ek wil jou nou-nou weer sien."

Die korporaal het gesalueer en sy drie sorge met sy R1 na buite beduie.

Toe die deur toegaan, het die kolonel na die sersant gedraai.

"Dis beter. Nou, Sersant, vertel my weer hoe die saak inmekaarsteek as jy nie omgee nie. Van die begin af."

"Reg, Kolonel."

"Vanoggend, so teen tienuur se kant, het ons die ontploffing gehoor daar by die stasie. Ons het geskat dis so tien kilo's ver, maar dit blyk toe sewentien te wees. Ons het geweet dis 'n landmyn. Die goed het mos 'n klank van hul eie.

"Ek en twee swart konstabels het die pad gevat en ons was 'n halfuur later daar. Die korporaal en sy manne was reeds daar. Dit was die gewone toneel. Die bakkie het opgehou bestaan en die drie voorin het opgehou bestaan. Hulle was net weg. Agterop het 'n vrou en vier kinders gery. Almal Wambo's.

"Die korporaal se medic het die vrou reeds 'n inspuiting gegee om haar te kalmeer. Toe hulle haar vind, het sy met twee af bene en een weggeskiete voorarm reeds amper dertig tree gekruip om by haar dooie baba te kom. Die ander drie kinders was almal erg beseer. Een, so 'n twaalfjaar-oue seuntjie, is kort daarna dood. Die medic het die ander twee so goed hy kon behandel – nadat hulle eers die wêreld deursoek het vir fopmyne.

"Dit was toe dat hulle die spore vind. Ek het ook gaan kyk. Drie pare spore. Twee baie eners, maar een so 'n regte sigsagtekkiepatroon. Baie duidelik in die sagte sand. Dié spore het reg van die ontploffing se krater geloop bosse-in en was so duidelik ons kon dit maklik volg."

"Was dit die enigste spore?"

"Die enigste, Kolonel. Dis verlate wêreld daardie."

"Goed."

"Ons het die spore gevolg, net so 'n tweehonderd tree tot by 'n kraal. Die spore het die kraal binnegegaan.

"Dié korporaal ken sy storie, Kolonel. Hy't toe al reeds sy manne agterom gehad en daar tel hulle toe dié drie knape op wat ewe doodluiters wegslenter die bosse in. Hy't reeds hulle kopkaarte gevra toe ons daar aankom. Hulle het nie gehad nie.

"Hy vra my toe om hulle verder te ondervra, want ek praat hulle taal. Maar dit het hulle nie geweet nie. Ons het Afrikaans gepraat. Al drie was totaal ontspanne. Sou met reg kon sê: Astrant. Baie astrant. Glimlag breed. Lag onder mekaar. Kyk ons almal aan of ons goggas is en lag dan weer onder mekaar."

"En die spore, Sersant?"

"Dit was amper 'n probleem, Kolonel. Dié drie was kaalvoet."

"Ek sien?"

"Maar nie vir lank nie, Kolonel. Die manne was besig om die kraal te deursoek en daar, onder 'n drom of 'n ding, krap een troep toe twee paar skoene uit. Die sigsag-patroon en een van die ander spore. Perfekte pas.

"Toe die twee paar skoene aan dié drie gewys word, was hulle slimmighede baie skielik iets van die verlede.

"Êrens moes iemand al met dié manne gesels het, want so gou soos nou ontken hulle dat dit hulle skoene is en daag ons uit om dit te bewys. Dit was 'n probleem, Kolonel. Suspisie is een ding..."

Die Kolonel het gesug.

"Ja, ek weet. Maar die klag?"

"Kolonel, mag ek voorstel die korporaal kom vertel nou self verder?"

Die korporaal het binnegekom en begin vertel.

"Hulle het ons in die hoek gehad, Kolonel. Maar toe kom dié ou aia uit die kraal te voorskyn. Sy't aanhou skree en huil en na dié drie gewys en iets vir ons probeer beduie. Hulle het weer begin glimlag en tekens met hulle hande gemaak dat sy kêns is. Maar die sersant het geweet wat sy sê."

"Sersant?"

"Sy't hulle beskuldig dat hulle sleg is. Dat hulle haar seun en sy twee kinders doodgemaak en hul ma erg beseer het met die ontploffing. Sy't hulle hiënas en nog meer dinge genoem.

"Een van die drie – die een wat, nou ja, 'aangerand' is, het vir haar geskree om te maak dat sy wegkom. Voor ons kon keer, het hy vorentoe gestap en die ou vrou geklap dat sy dáár val. Sy't skreeuend opgevlie en weggehardloop. Terug na die kraal toe.

"Toe het ek die korporaal vertel wat sy gesê het."

"En toe, Korporaal?"

"Toe't ek die skoene voor die drie se neuse gehou en hulle

gesê ons weet wat die ou vrou gesê het en dat, met haar as getuie, plus die skoene, hulle doppies gaan klap."
Hy't stilgebly en strak voor hom gekyk.
"Gaan aan, Korporaal."
"Kolonel. Ek het ook so 'n bietjie meer gesê. Vertel wat ek dink van hul soort wat hul eie mense opblaas. Ek het hulle gevra of hulle darem lank genoeg gewag het om te kyk wie hul landmyn afgetrap het. En of hulle die vier kinders ook gesien het..."
"Gaan aan, Korporaal."
"Kolonel. Dis bietjie moeilik..."
"Dis 'n aanrandingklag, Korporaal. Jy en al ons soldate is ondergeskik aan die landswette. Vertel."
"Wel, Kolonel. Ek het nog so staan en praat met die drie, toe die een so 'n breë glimlag op sy gesig kry, en terselfdertyd voel ek iets snaaks teen my been..."
"Ja, Korporaal?"
"Hy't teen my been gepis, Kolonel. Daar, voor almal. So kalm bedaard en met die breë glimlag op sy bakkies."
Die kolonel het 'n oomblik stilgebly.
"En toe, Korporaal?"
"Ek het hom met my geweerkolf gewetter, Kolonel. Vol in die glimlag."
"En toe, Korporaal?"
"Toe't hy opgehou glimlag, Kolonel."
Die kolonel het opgestaan, so half vinnigerig en by die venster uitgekyk.
"Sersant? Wat sê jy?"
"Die korporaal se weergawe is heeltemal korrek, Kolonel. Hy hét opgehou glimlag."
Vir lang oomblikke het die kolonel by die venster uitgetuur.
"Sersant, as iemand teen iemand anders se been e... e dinges, jy weet, sonder enige provokasie. Wat sê die wetsboeke?"

Die sersant het gefrons. "Dit kan 'n vorm van aanranding wees, of minstens kwaai provokasie, Kolonel."

"Sersant, ek dink die korporaal wil ook 'n klag lê. Ook van aanranding, of *crimen injuria* of altwee. Wat sê jy?"

"Beslis *crimen injuria*, Kolonel."

"Korporaal?"

"Ek het my broek en sokkies moes weggooi, Kolonel."

"... en sommer skadevergoeding ook, Sersant? As jy nie omgee nie?"

Padblokkade

"Dis 'n grênd een dié."

Die korporaal ignoreer die opmerking van die wag wat aan die anderkant van die optelhek staan.

Dit ís 'n grênd een. 'n Nuwe Cressida. Skoon. Netjies.

Soos die swartman agter die stuur. En sy familie. Hy hou stil langs die soldaat en kyk by die venster uit. Sy gesig is uitdrukkingloos.

As die korporaal vorentoe buk om in die motor te kyk, ontmoet sy oë eers dié van die klein swart seuntjie op die agterste sitplek. Sy groot wit oë kyk vol belangstelling na die wit soldaat.

Hy kan dit nie help nie. Met 'n ernstige gesig knipoog hy vir die kleintjie. Verbaas kyk die outjie na hom, dan na sy ma en weer terug na die soldaat. Hy weet nie hoe om te reageer nie, dog sy ernstige gesiggie het 'n ander uitdrukking bygekry – so 'n effense vraagteken.

Die korporaal kyk na die persoon in die passasiersitplek. Sy het gesien hoe hy vir haar seuntjie knipoog en het 'n effense glimlag op haar gesig, wat sy egter wegvee as hul oë ontmoet.

"Goeie môre. Identiteitsdokumente, asseblief."

Jy kan tog nie dié mense vir "passe" vra nie.

Die bestuurder haal die boekies uit die binnesak van sy netjiese blou pak, met 'n grys strepie.

"Dis ons albei s'n ... Baas."

Met die "Baas" het hy 'n halfsekond getalm, om dit nie soos "Baas" te laat klink nie, en tog ook meer so. Dis nie die eerste keer dat hy deur 'n padblokkade ry nie en hy weet. Dis veiliger so.

Die korporaal hou op blaai in die boekie. Sy oë vang dié van die swartman.

Hulle weeg mekaar.

"Ek is nie 'Baas' nie, meneer. . . ." Hy kyk in die boekie. ". . . Kapuo. Ek is korporaal Joubert."

Die swartman sê niks.

"Gaan julle huis toe?"

"Ons is op pad winkels toe . . . Baas."

Die swartman sien hoe die korporaal 'n oomblik ophou blaai, maar dié keer kyk hy nie op van die boekies nie.

"Enigiets in die motor wat nie daar moet wees nie?"

"Nee . . . Baas."

Die korporaal huiwer nie. Hy hou sy hand uit.

"Sleutels asseblief, meneer Kapuo."

Die swartman skakel af en oorhandig die sleutels.

"Jones! Hierso. Kyk wat's in die kattebak. En onder die enjinkap ook. Oopmaak asseblief, meneer Kapuo. Dankie. Goed deursoek, Jones!"

As die troepie wegraak met die sleutel ontmoet hul oë weer. Tot die korporaal se verbasing is daar 'n effense glimlag op die swartman se gesig.

" 'n Mens kan nie té versigtig wees nie, meneer Kapuo. Mense, snaakse mense, ry lelike goete saam deesdae."

"Ek verstaan so . . . Baas."

Die Korporaal leun stadig vorentoe. "Dis die 'baas' wat jou motor nou laat deursoek. Die korporaal wou dit nie doen nie. Nou sê my, meneer Kapuo, moet die 'baas' ook vir júlle laat uitklim en persoonlik laat deursoek?"

Die swartman sê niks.

"Die korporaal is nie lus nie – dit sal ons albei se tyd mors. Maar die 'baas' is 'n ander soort ou. Jy weet mos. Nou moet jy maar net sê."

Die swartman kyk na sy vrou. 'n Glimlag is terug op haar

gesig as sy haar man aankyk. Hy kyk terug. Maar dis sy wat antwoord.

"Ons is bietjie haastig, Korporaal."

Die twee mans se oë ontmoet. Albei glimlag.

"Dan is daar geen rede om julle langer op te hou nie, meneer Kapuo. Hier is die sleutels. Dankie vir die samewerking."

Die swartman skakel aan. Die swart seuntjie leun skielik vorentoe en maak sy handjie oop en toe.

"Ta-ta."

"Ta-ta, grootman."

Sy pa skakel aan en kyk dan weer op.

"Tot siens ... Baas Korporaal."

"Goed gaan."

Hy trek weg.

"Mos gesê dis 'n fência een daai – ek smaak sy kar. Seker gesteel."

"Ek glo nie, baas Jones. Ek glo nie."

Half boom, half mens

Die ontploffing het plaasgevind net toe die korporaal die bierpot by sy lippe bring en die eerste sluk neem. Hy was hoeka vieserig vir dié seremoniële bierdrinkery, sy derde vuurdoop in een oggend. Elke keer as hy die donker vloeistof na sy mond bring en hy sien die opdrifsels en ander onbekende drywende voorwerpe hier vlak voor sy oë, dan het hy gedink aan die miljuisende onbekende drywende goete wat hy nié kon sien nie, en het hy die ergste gevrees.

En hierdie keer het dit gebeur.

Nes hy verwag het. Geen gestel kon dit hou nie, nie eers ... Iemand het iets geskreeu. Hy kon dit hoor hier binne uit die bierpot uit. Dit was Hendrik, en Hendrik skreeu nie sommer nie ...

Toe klap die weerklank van die ontploffing ook hier om sy gesig in die holte van die bierpot.

Die bierpot was al op die grond en hy halfregop in 'n gebukkende posisie, R1 in sy hande, toe hy weer Hendrik se stem hoor.

"Korporaal! O bliksem! Korporaal! Dis ou Kallie ... hierso!"

Die swartes het met uitroepe van skrik padgegee, hutte toe. Net die ou hoofman het met groot oë bly sit en hom dopgehou. Terwyl sy vinger die stelknippie van 'veilig' oorskakel na 'R', het hy begin beweeg.

Toe hy by die kraalhek uithardloop, sien hy dadelik waar

die probleem is. Onder die groot ou kiaatboom in die middel van die mahango-landjie, vyftig meter verder. Iemand het teen die stam gelê met twee man wat oor hom buk en werskaf. Hy't vinnig rondgekyk. Die res van sy manne was net-net sigbaar – almal plat op die grond, net ingeval.

Nog steeds gebukkend het hy begin hardloop...

Kallie het op sy linkersy gelê, met sy linkerbeen onder en sy regterbeen bo-oor – of wat oor was van sy regterbeen. Die klein anti-personeelmyntjie het alles weggevat tot net onder sy knie. Dit was die lelikste iets wat hy ooit gesien het.

Kallie het probeer regop kom om te kyk, maar met 'n snaakse geluid weer teruggesak toe Hennerik hom terugdruk.

"Rustig, ou Kallie. Rustig."

Sy oë het die korporaal s'n ontmoet. "Die ding was hier in die koelte, Korporaal..." Hy hoef nie te wys waar nie. Die kratertjie is hier vlak by hulle soos 'n wond uit die wit sandgrond geruk.

Tipies. Die enigste koelteboom in 'n groot gebied. Dis waar hy dit ook sou geplaas het, as hy een moes plant. Dis mos logies.

Hennerik het aangegee vir die medic. Dit het gelyk of dié mannetjie weet wat hy doen – hoewel hy lomperig gewerk het. Doen ook nie dié tipe ding elke dag nie, dis seker.

Met sy hulp het hulle die flardes uniform weggetrek en -gesny en 'n verband styf om die been gebind. Toe is die dik verbande op die wond geplak en met kleefband vasgeplak. Daar was eintlik verbasend min bloed.

Ook die ander been was vol gate. Skrapnel. Ook dié broekspyp is weggesny en die gate met kleefband toegeplak.

Die medic het opgekyk. "Sal die bloeding stop vir 'n rukkie, Korporaal. Nou moet ons move."

Hy't klaar sy somme gemaak – dis agt kilometer terug na die pad toe. Hulle is drie en twintig man. As hulle hom abba en gereeld ruil, op 'n drafstap, is dit bietjie meer as 'n halfuur.

Hy't skril deur sy tande gefluit en met sy vingers op sy hoed gedrom. Die manne het aangehardloop gekom – en geskok bly staan om te staar.

"Reg! Ons gaan beweeg. Op die donnerse double. Ons vat ou Kallie huis toe. Het julle my?"

Die manne het geknik. Die hipnotiese skokeffek was gebreek.

"Op die radio. Daar waar ons van die pad afgeswaai het hierheen. Net daar. Dis op die kaart. Ek wil 'n ambulans met 'n dokter daar hê oor 'n halfuur. Dan's ons daar. Het jy dit?"

Die radiobediener het geknik.

"Nou toe, praat met die mense. Jassie! Jy en Flappie. Julle vat hom eerste. Julle manne, vat hul wapens. Ruil-ruil. Ons abba hom. Praat nes jy lekker moeg is, dan ruil ons, okay? Medic, jy hol saam en help elke keer met die omruilery. Okay? Jy dra nie. Jy hou Kallie dop. Ek wil twee man voor hê. Julle hou pas met die draers. Die ander manne rondom en 'n agterhoede. Right? Right! Beweeg!"

Die medic was nog besig om die spuit waarmee hy so pas vir Kallie 'n inspuiting gegee het in sy sakkie te bêre, toe ou groot Flappie by Kallie kniel en probeer glimlag.

"Jy, ou gabba, gaan eersteklas huis toe, okay? Op jou pappie se rug. Okay? Nou, al ding is, ek weet nie wanneer ek jou seermaak nie, so jy moet profeteer as dit rof gaan. Okay?"

Die korporaal het gewonder of Flappie bewus is daarvan dat hy Kallie die hele tyd saggies met die plathand oor sy wang vryf. Seker nie.

Kallie het probeer glimlag, sy gesig wit van skok. Hy't net geknik. "Okay. Baggat. Relax jy net. Hierso! Vat my yster, syne ook, anders kla hulle hom nog aan dat hy sy wapen onder 'n boom in Wamboland gelos het. Kom Jassie, besig raak."

Hulle het hom gelig en Flappie het vasgevat en begin draf. So 'n stewige drafstap. Voor hom het die verkenners gedraf en die res van die manne het om hulle uitgesprei.

Ten spyte van die inspuiting moes Kallie kwaai pyn verduur het, maar afgesien van 'n kreun elke nou en dan wanneer hy omgeruil word, het hy nooit gekla nie.

Die omruilery het redelik glad verloop. Wanneer 'n draer se knieë onder hom begin knak, was die volgende man by, en binne sekondes was hulle weer op pad. Dit was vyf en dertig minute toe die pad in sig kom, met die ambulans soos 'n welkome oase onder 'n boom getrek. Hulle het hom in die ambulans getel en teruggestaan.

Die medic het vinnig verduidelik wat hy alles gedoen het en die dokter het geknik. Hy't die jong soldaat op die skouer geklop.

"Netjies – ek gaan nie iets meer aan hom doen nie. Sal net die bloeding weer begin. Hulle wag vir hom met 'n Kudu voor by die basis ... Reg ...!"

"Dok!" Dit was Flappie.

"Ons wil saamry, Dok." Hy't nie gevra nie, hy't gesê.

"Ons het hom ver gebring, Dok."

Die dokter het geknik.

"Okay. Net twee van julle. Jy en wie nog?"

Jassie en Flappie het saamgery, gesels, flou grappe vertel, gesels. Heelpad. En dit was hulle twee wat vir Kallie oorgelaai het agter in die Kudu se beperkte spasie, langs die dokter. Jassie het die drup heeltyd vasgeklem in sy groot vuis.

En dit was weer Flappie wat omgestap het en die jong vlieënier-kaptein met sy inklim voorgekeer het.

"Kaptein."

"Ja?"

"Ou Kallie, daar agterin ..."

"Ja?"

"Ons gabba, Kaptein. Hy's 'n baie bak ou. Blêrrie mooi girlfriend by die huis. Eintlik sy verloofde. Verpleegster, of leer vir een. En hy't sy B.Com. Gaan groot ekonoom word. Ons weet dit almal."

Die kaptein het net gekyk.

"Ja, soos ek gesê het, Kaptein. Groot ekonoom. Sy groot droom."

"Okay. Ek sal dit onthou..."

"Wat ek eintlik wil sê, Kaptein, die manne het hom ver gebring. Agt clicks gehardloop met hom deur die bos – toe die ambulans, tot hier. Nou's hy joune. Jy moet jou rekke mooi styf opwen, Kaptein. Hy's special."

Die kaptein het geknik. Geglimlag. "Ek maak so. Beloof."

Flappie het stadig geglimlag. Toe geknik en teruggestaan. "Dis oraait, Kaptein. Dankie. Sal vir die boys vertel."

Toe hulle land by die kompaniebasis, was Kallie nie lekker nie. Die dik verbande om die stompie het al rooi verkleur en bloed het die vloer van die Kudu gevlek.

'n Dakota wat pas geland het, is in rekordtyd weer gereed gekry vir die vlug na Groties met sy groot hospitaal. Toe die dokter help met die draagbaar se inlaai, vind hy dat hy 'n bykomstige passasier bygekry het. 'n Kolonel.

"Kan ek help, Dokter?"

"Nie op die oomblik nie, Kolonel. Dankie dat u die Dak so vinnig laat omdraai het. Ek dink hy gaan dit nog waardeer."

Kallie het bleekstil gelê terwyl sy draagbaar stewig vasgewoel word. Bokant hom het die binne-aarvoeding-plastieksak gehang en eentonig gedrup... drup...

Die Dakota het met sy kenmerkende dreuning vooraan sy stofstreep die aanloopbaan afgestorm en stadig die blou lug ingeklim. 'n Kwartier die lug in het die dokter Kallie se pols geneem en toe die wond ondersoek.

"Probleme?" Die kolonel het digby die dokter se oor gepraat, bo die gedreun van die motore.

"Die medic wat hom verbind het, het 'n uitstekende joppie gedoen. Hy't die bloeding byna gestop, maar ek's bevrees al die rondbeweeg het hom niks goed gedoen nie."

"Kan ek help?"

"Kolonel, ons is nog 'n veertig minute van die basis. Hy

verloor te veel bloed. Ek sal moet oopmaak en probeer afbind aan die bloedvate. Hy is onder verdowing, maar hy mag ruk terwyl ek werk..."

Die kolonel het niks gesê nie.

"Sal u hom kan vashou, dat ek kyk wat ek kan doen?"

"Wat sal die beste manier wees?"

"Bo-op hom sit en sy been teen u bors vasdruk."

"Sal ek hom sê?"

"Goed, Kolonel. Ek kry my goed bymekaar."

Die kolonel het opgeskuif en Kallie teen die wang geklop.

"Boet!"

Kallie het sy oë oopgemaak en die kolonel aangekyk.

"Kan jy my hoor, Boet?"

Kallie het geknik.

"Nou luister. Dok wil werk aan jou been. Hy glo dis nodig. Nou... hy is bang jy gaan beweeg terwyl hy werk. Dit sal sake bemoeilik – en jou seermaak. Het jy dit?"

Kallie het geknik.

"Nou, Dok sê ek moet jou been vashou. Die veiligste is om bo-op jou te sit en jou been so vas te hou."

Kallie het hom aangestaar.

"Volg jy my, Boet? Is jy met my?"

Kallie het geknik. Stadig.

"Mooi. Ek sal jou nie seermaak nie, en Dok ook nie meer as wat nodig is nie. Goed so?"

Kallie het weer stadig geknik.

Die kolonel het wydsbeen oor Kallie gehurk en sy been stewig teen sy bors vasgevat.

Die dokter het oopgemaak en begin werk. Kallie se gesig het soms vertrek van pyn, en een of twee keer het hy gekreun, maar hy het nie geruk of gepraat nie. En die kolonel het stewig vasgehou en net soms omgekyk na die bleek gesig van hierdie jong soldaat wat hy 'n uur gelede nie eens geken het nie. En hy het aan die ironie van die noodlot gedink.

Vir 'n uur help hy om hierdie onbekende jong man se lewe

te red – om hom dan aan die dokters te oorhandig en heel waarskynlik nooit weer te sien nie. 'n Kort tydjie deel hy die mees traumatiese uur in hierdie jong man se lewe – om dan daaruit te verdwyn.

Toe die dokter uiteindelik vir hom knik dat hy klaar is, het die kolonel stadig sy greep verslap.

Hy het omgedraai.

"Boet?"

Kallie se oë het oopgegaan. Sy velkleur was blou-wit.

"Dok sê hy's klaar."

Kallie het geknik. Stadig.

"Ontspan nou. Ons is amper daar."

Kallie het net gestaar.

Stadig het die kolonel langs die jong man gaan sit. Hy het skielik baie na aan hom gevoel. Hy't gewonder wat van hom gaan word, met een been. Hoe hy gaan aanpas ...

Hy't die jong man se oë op hom gevoel. Kallie het uitdrukkingloos vir hom lê en kyk. Hy't geglimlag en bemoedigend vir hom geknik. Toe sien hy sy lippe beweeg. Hy kon nie hoor wat hy sê bo die dreun van die motore nie, en het afgebuig om beter te hoor.

"Boet?"

Hy kon net-net die woorde uitmaak.

"Ons het altyd so lekker saamgedans..."

'n Oomblik het hy so gebukkend bly sit, toe stadig regop gekom, soekend na 'n antwoord. Dit was nie nodig nie. Kallie se oë was weer toe. Net dié keer was daar trane tussen die wimpers.

Maande later stap die kolonel in een van Johannesburg se strate af toe hy 'n opgewekte roep agter hom hoor.

Toe hy omdraai kom 'n opgewekte jong man al hinkepink op hom afgepeil. Aan sy arm 'n mooi jong meisie. Met 'n breë glimlag steek hy voor die verbaasde offisier vas en druk die jong meisie styf onder sy arm teen hom vas.

"Dis Jeanette, Kolonel! Sy't nie omgegee nie. Sy't my getrou! En nou dans ons éérs dat dit bars – hierdie mooi kind en ek, half boom, half mens!"

TWEEDE PRYS IS 'N HOUTJAS
Grensstories uit Wamboland
Bertrand Retief

Hy's negentien. Pas terug van die grens. Hy's nog lief vir sy pa en ma en sussies. Sy ma sê hy maak nog die yskas leeg met net een probeerslag, en hy wil nog nie vir haar sê watter een van die meisies nou eintlik dié een is nie. Hy leen nog sy pa se hemde, en sy ma se motor. Stefaan is nog Stefaan.

En tog ook nie. Hy het té veel dinge gesien daar bo. Die boslewe het hom baie dinge geleer, maar veral één: "As jy oorlog maak, maak jy oorlog. Jy poer-poer nie. Daar's net eerste prys op die grens. Tweede prys is 'n houtjas."

Tweede prys is 'n houtjas is 'n versameling vertelings, gegrond op die werklikheid, oor die grenslewe in Wamboland waar duisende jong manne soos Stefaan jaarliks hul lewe waag vir ons veiligheid. Self Burgermag-offisier wat grensdiens ken, vertel Bertrand Retief van die swaar en die lekker van soldaatwees in die verre noorde van Suidwes. Hy probeer nie die grensstryd letterkundig tooi nie, hy vertel in die taal van die gewone "troepie" van die lewe in die bos – van die stof en die hitte en die sweet, van die moeg en die vrees én die moed, van die lewe en, alte dikwels, die dood, die "houtjas". Hy bring die oorlogsgewoel en die werklikheid van dié stryd so 'n bietjie nader aan die grensmanne se mense tuis; hulle wat altyd maar wonder, en wag.

Tweede prys is 'n houtjas is 'n bundel komiese en tragiese vertellings wat min mense onbetrokke sal laat; dáárvoor duur die stryd al té lank en het té veel jong manne al die vragvliegtuie moes bestyg – Noorde toe.